咱没伞

雨天要使劲地跑

咱没人靠

不可以哭

音乐人小虫
人生感悟精选

人生短短几个秋

小虫 著

中国工人出版社

我不知道指引者在哪里，但我一直知道，就在我心里。

每个人都是传达者，存在于各个领域，我也是其中一个。所以我才会常常收到音符与旋律，文字与美学，借由这些美好的画面与言语，来传达他想告诉我们的所有真善美。

没有不在，是无所不在。

渐渐明白：唯有相信的人，才能感受到恩典；唯有纯净的灵魂，才能拥有一切。

一 个 渺 小 的 传 达 者　小 虫

音 乐 人

小

虫 **JohnnyBug Chen**

中国台湾著名作词作曲家、音乐制作人、电影配乐师、作家、导演。

曾获得多项奖项：台湾电影金马奖、香港电影金像奖、金曲奖、金鼎奖、华鼎奖……

台湾三大音乐教父之一，音乐作品家喻户晓，捧红众多明星，几乎每个明星都有由他创作的招牌歌曲。

任贤齐《心太软》
梅艳芳《亲密爱人》
张惠妹《我可以抱你吗》
潘越云《我是不是你最疼爱的人》
黄莺莺《葬心》
林忆莲《玫瑰香》
杜德伟《钟爱一生》
钟镇涛《只要你过得比我好》
李丽芬《爱江山更爱美人》
……
上千首作品，自 20 世纪八九十年代经典传唱至今。

他的音乐多面，曲风包罗万象，各种风格令人啧啧称奇，且皆属佳作，从流行音乐到电影配乐皆有杰出表现，文字更是充满真实与魅力，三十八年来带给世人许多珍贵的记忆。

序

在各个领域都是独一无二的天才

王中言

那个记忆是如此鲜明。一个秋天微凉的下午，我接到了虫哥的电话。他说要不要来工作室走走，因为我就在附近，就过去了。

他在他的办公室里面写歌。我坐在他的对面，他手上抱着心爱的小熊，那是他写歌时候的幸运物。

在逆光的房间里面，他坐着，看起来很孤独，又像一个国王，在他的国度里面。

桌上有一块不工整而且看起来很重的马赛克，我问他那是什么？他说那是从上海的片场搬回来的东西。他正在写《红玫瑰与白玫瑰》的电影配乐，刚从上海回来。

花有情才香 爱过了会再想
鱼嗜水之欢 不清楚谁能够原谅
幸福也受伤 快乐也叫人盲

丧尽了天良 满足了欲望

玫瑰香 夜未央

心里想的人不一样

花有情才香 开过一样芬芳

贪婪的欲望 醒来的人不知去向

……

是怎么样的孤独和怎么样的炙热，能够在这样一个逆光的角落，写下爱情最美的、最伤人的字句?

这就是虫哥，像孩子一般天真的虫哥，音乐教父般的虫哥，对爱情如此细腻、如此勇敢的虫哥。

在他的音符与文字中，你层层叠叠的所有华丽的暮霭都被拨开，赤裸裸地看着想要爱与被爱的自己。

虫哥是一个天才，不但在音乐上，在其他各个领域也都是独一无二的天才。写歌、写诗、写短文、画画、插花、写书法、美术设计、空间设计，只要经他巧手一挥，俱是神奇。

虫哥喜欢黑，在年轻的时候，他的家全部以黑为底色，可是那个黑是各种层次的终极，里面包含了所有的颜色。这也像他的性格，时而亲近、时而光芒万丈、时而安静、时而欢快，离尘与喧嚣都是他，都是他。

虫哥以前的工作室叫王者之剑，这四个字最能形容他的一切，这剑光耀夺目、锋利快意，需要多少心血跟淬炼，才能打磨、才能造就。虫哥的文字也仿佛这剑，一指刺向人心，刺穿我们的恐惧、疑惑，还有那些伪装。他不伪装，他的文字是最坦诚的语言与见识，也是最清晰的叮咛与温暖。

相识超过 30 年，虫哥在我心目中一直没有变，就好像我第一次在摄影棚后台见到他。那时我是还在大学念书、在电视台打工的编剧，他是刚发自己唱片的坏小孩，他的开玩笑的话、他的感染力、他鲜明的个性和爽朗的笑声仿如昨日。

我永远记得那时候邀请他做访谈，写他的故事，他侃侃而谈。在山边的一个小教堂，经过的孩子听到了优雅的钢琴声。他每天偷偷去练习，触摸那个神奇无比的黑键与白键，有一天被发现了，他吓得躲到钢琴下面。修女没有责怪他，还说“孩子，如果你喜欢音乐那我来教你”，就这样他踏上了神奇旅程的第一步。

他家里是不支持的，只希望他好好读书。很少人知道虫哥后来是美术专业毕业的。每当他拿着音乐和美术的奖状回家，总是面临着被撕毁丢掉和斥责的待遇。16 岁时他一个人离开家，身上没有钱，离开不理解他的、深深伤害过他的地方。

他在火车站睡了好几天，然后开始一个人生活，一直到今天，所有受的苦、受的委屈、受的磨难，他从来没有怨怼过。

他只是如同风雪中奋力往前的旅人，一步一步在雪地踏下自己的足迹，也不在乎风雪过后，这个印记是否会被掩盖或者消失，他只是庄重地、专注地，用力踏下他的每一步。

最爱听他讲的笑话、最爱听他爽朗的笑声，最爱他笑起来毫无保留像孩子一样的容颜。虫哥在我的心目中就是一个孩子，是一个纯真勇敢的孩子，他总是能够把赤子之心好好地护卫着，不让繁杂的人和事去挑战他那纯洁温暖、豁达聪慧的天赋和情感。

所以我们才有了他的音乐，他的文字，他所有在美上面定义的一切。而我们也如此有幸有他陪伴，一步一步在这个旅途上走着而不觉得孤单与不被了解。因为总有他的文字和音乐浸润着我们的疯狂或者低落、勇敢或者怯懦，我们所珍爱与恐惧的一切，都被他理解并抚慰。

谢谢你，让我们拥有你，让我们拥有你的文字。在这个世界里，勇敢前行。

人　生　短　短　几　个　秋

好　好　过　生　活

人的一生

只要完成一件事

无偿地帮助过一个人找到快乐

那就没有对不起自己来到这里了

你　真

我就真

你　假

我就生

自从追求极简生活
我的朋友变少
但更精细了

生活中用不到的东西
都丢了
包括需要交际应酬、戴面具伪装的那群人
现在留下来的
都是我要的
我爱的
这让我自己感到无比的快乐与富有

谢谢在生命的最后旅途
有你们这些家人的陪伴
我很珍惜

With love for you guys!

我的生活中有太多的精彩
都是跟我的密友有关的
不能说
没经过对方的同意是不可说的
就好像我的歌手们
他们有太多在工作时所留下来的“私事”
是我这个作为他们依靠的老师
所应该帮他们保密并保护好的
不能公开

我的工作跟医生一样
是要有医德的
这些不能说出来的秘密
是一定随我一起消失的

有个朋友好心跟我说
自拍时多等几秒钟
能对好焦
拍出来的照片会更清楚

这道理我也知道
就好像凡事等一会儿再做决定
可以让事情更明朗化

但是说真的
说我心急也好
说我看事情不够清澈也好
我的人生
我还是习惯一切“凭感觉”
对错也是我的生命
我自己承担
我自己做主

平淡无奇随便去
明净湖水月当明
有来没来竹照生
何必起风弄涟漪

怎么过了这么多年

我还是那个那么容易被骗的小孩呢

是我在纵容什么吗

我坚持的善良

跟愿意相信别人

难道那么不需要受到保护

而我为什么还依然这么乐观地活着

难道这是天使的宿命

我希望我真的是天使

而不是天屎

怎么绕了一大圈还是回到原点

生命真的是圆的

我想去穷乡僻壤给孩子们当音乐老师……

独坐夜里写东西

还要几晚才放晴

左右上下都是音

谁都不懂我的急

“极”
弹指之间
一不小心就会变成“急”

越简单的歌
越不容易写
若是新鲜好食材
是不需要靠一堆调味料来提味的

不是我的世界太复杂
是你的眼光太短浅

我喜欢独处
不是孤僻
不需要通过人际关系来获得精神上的满足
而是安静的环境有利于我的思考与探索
从而让自己不断地超越自己
虽然偶尔也会感觉孤单
但孤单对于我来说
是一种很特别的享受
就像吃苦一样的特别

我真的很爱捡石头
有时握着它
可以听到很多它看到的故事

我这一生签过多少个名
遇到多少个缘分
而他们都把我的签名保存得很好吗
对这个签名的人有没有失望
真的不能辜负人家对我的爱护

我会不会对自己太严格了啊
多少人会在乎这个

若我不能为别人带来帮助
我的生命将是没有意义的

做音乐
一分钱
一分货
就跟做菜一样
没钱
只能做泡面
无法做满汉全席
让做音乐的人没饭吃
就等着听便宜的音乐
可能吗
这道理很简单
不是吗

右手骨折快痊愈时

用右手

久违地试着拿筷子吃饭

为什么以前都不知道

用右手做事是这么有成就感

是因为它一直都在

所以“理所当然”不用在意

人就是贪心

不懂感恩与珍惜

给你再多

你也认为是应该的

然后

就等着失去后再后悔吧

有右手真好

那天跟流浪猫阿金玩着玩着

想到寂寞的彼此

一个人在旅行

这段没有妈妈的日子

十三年了

很想念

也无处可说

就莫名地感伤了起来

眼睛就湿了……

记得那天我一个人坐在火葬场前

我仿佛听到妈妈跟我说了四个字“与世无争”

而我也跟她说“有你真好”

远处高山绿松
竹林清风柔柔
随意禅坐
浅尝一杯喝了不醉的酒
桃花树下书中美人与共
挥动指尖水墨
徐徐牡丹盛开
随笔勾落
焚香花海万千
引歌朗诵
望月听泉潺潺
莲在笑中
听着雨
听着风
划悠悠河水荡起一叶舟
忘了我
难不求
你情我愿何须问谁说
我游山玩水乐在其中
恰似神仙东南西北游
缘起缘长久
缘走缘不留
云想衣裳花想容
我吟诗作对乐在其中
难得寻幽访古人漫走
来者莫蹉跎
去者莫犯愁
人生短短几个秋
云白水袖迎风
花瓣翩翩起舞飘在天空
放下烦心自在如鱼水中
顺其自然过得轻轻松松

我觉得我的特殊专长
就是在有爱的善良里
不管外面如何刮风下雨
如何天寒地冻
都还能继续有爱的善良

有个人看到路边一朵美丽的花
闻了花
感觉很香
就直接把它摘下带走
另外有个人看到路边一朵美丽的花
欣赏了很久
拿手机拍了照片
然后顺手拿起手上的矿泉水
浇了花后离开
这就是喜欢一个人跟爱一个人的差别
我认为所谓“爱”
不是让他变成你要的样子
而是欣赏并让他拥有他自己原来的样子

只在乎没有利益的互动
及实际温度的接触
没时间
只体谅别人
而忽略了自己的感受
就算有时间
也要看我愿不愿意
以及对方感不感谢
每天都归零
重新洗牌
把握机会不让昨日的秽物残留
来侵略百分之百属于你完美的一天
过去的成分存留得越多
今日能享受的空间就会越少
我只留加分的
不留扣分的

人性复杂
不适合我这种简单脑子
我的脑子只装音符
其他我不会
喜欢简单的来往
你怎么对我
我就怎么对你

什么头衔对于我来说
并没有那么重要
我只在意我这一生中
做了多少我自己想要对他人的贡献

我是天使
还是魔鬼
我自己说了算
不需要谁来帮我做决定
你是天使
我就是天使
你是魔鬼
我就是魔鬼
我的幸运
可能来自平常我也给人幸运
相对地
你给人厄运
同样也会回到你身上
你对别人做的
最后都会回到你身上

我不会因为现在骗子多
就让自己变得奸诈防备
主要是
我不想错过能遇见好人的机会

我愿意给
是在增加我的福报
你欺骗我
是你自己在积累业障

每个老师都一样
不喜欢教不听话的学生
你要一个老师无私地为你倾囊相授
那你必须得拿出你十足的努力与情感
来感动他
要不然
他也只会双手插背后远远看着你而已

不管我出门多久
我家流浪猫阿金还是没有忘了回来看我
有时候都觉得动物比人有感情
并且经得起岁月与风雨的考验
不禁令人疑惑
到底谁才是真正的畜生

我庆幸
我的脑硬盘会自动过滤删除那些坏人和糟心事
不会占用我的脑容量

会做的人
会在事情的本质上看到优点
进而发挥他的潜能及优点
不会做的人
只会把本质上的优点做烂掉
还沾沾自喜地不知错误

沙发真舒服
坐在上面
有一种完全被拥抱的感觉
经常拥抱别人的人
偶尔也需要被人拥抱的

我可以给你
当然也可以收回
不要试探我的善良心软
它也会因为邪恶来时
变得更加心狠手辣的
邪恶的人
才会觉得我难搞
珍爱我的人
才会看到我纯真得像个孩子一样

常常在辛苦后

给自己做点好吃想吃的东西

犒赏自己

今天给自己炖了个一百分的排骨萝卜汤

除了萝卜和排骨以外

还加了些苦瓜与蘑菇

淡苦淡甜

就像木质香水般

又沉隐又原始

耐人寻味

像极了我的个性

只有心里真的有你的人

才会永远不走

而且

不用天天见面

也会一直想念

会知道你一个人的寂寞与不易

愿意有空就来陪你

即使只有一点点时间

也彼此感到安心

有时候自己工作得有点累

就在想

为什么我都没有靠山

终于明白

因为

我就是山

在乎我的人
你的人生
我会尽力帮你添加色彩
不在乎我的人
你应该谢谢我在你身上浪费这么多时间

我每天一定要看看周围的绿植
因为一定会有好消息
开花了
结果了
长多一片叶子了
长高一点了
我觉得我好幸运
可以每天看到它们

开心就好

爱我的

我回爱

我爱的

我去爱

这样就好

没那么伟大到一定要怎样

在世上

好好贡献自己的使命与能力

把爱传留下来

好好地快乐过日子

其他的真的不重要

想要人家对你好
先问你自己
你
有很好吗

看上你
你应该更欣赏我
更为我的优秀感到骄傲才对
因为
我的眼光如此超群
都能在茫茫人海中选上这么棒的你当人生伴侣

遇见是两个人的事
离开却是一个人的决定
遇见是一个开始
离开却是为了遇见下一个离开
这是一个流行离开的世界
但是我们都不擅长告别

别人在你心里的重量
跟你在别人心里的重量不一定相等
要认清这个事实
你愿意付出
那是你的事
人家要不理会
那是他的事

你不想得罪别人

却有人会来找你麻烦

没有人是完美的

你再怎么自爱自律

还是会有正负两面评价

你要生存

别人也要生存

谁都会为自己拉票求生

很正常

如果

对方把自己演成如深海般的

难以捉摸

那你

就要把自己强大到如高山般地让他

高不可攀

你的温度

取决于对方的态度

喜欢你的人

你说什么

他都信

你做什么

他都觉得对

不喜欢你的人

你说什么

他都不信

你做什么

他都看不上你

虽然不是艳阳晴天

下雨了

但何尝不是老天给你的

一种特别礼物

停一下

休息一下

别走太快

享受一下风景

很多事

一转善念

又会是一道美丽的风景

好与坏自己能控制

只有执着无知的人

才会老怨天尤人

当一个人说你很爱硬辩时

可以确定

这人有点独裁

因为

你没顺从他

你说不到他要的既定答案

所以

他没在相信你

他只相信他自己

你用什么字眼骂人

你就是这种字眼形容下的人

因为它深植在你心里

所以你很懂得如何运用它来形容别人

少同情弱者
尤其是装的
真正的弱者是不会哭的
他们早已学会坚强
那些动不动就哭的人
哭只是他们擅长使用的伪装武器
是你站的背景舞台给你的厉害身份
不完全是你个人的魅力能力
离开舞台
你不见得可以这么如鱼得水地跳舞

心干净
到哪里都干净
你的脸长得干净
你的心一定很干净
脸不一定要美
给人舒服的感觉比美还被人重视

如果你做的不是这么伟大的事
或许你就不会这么累了

人生无常
别再说改天了
有没有改天都不一定了

你觉得那个人非常难以理解
甚至于难搞
其实也没有
只是他没有照你想象的剧本
去演你要的角色而已
不去猜疑
哪还需要答案
不去等待
哪还会有落空的机会
是你的
它自己会找上门

人生最难赚到的是
“信任”两个字
能得到别人的信任
是对自己人格的一种高尚的肯定
也是一件非常难得又光荣的事
信任
就像一张白纸
当你欺骗背叛了别人
把它揉皱了
你的人格也皱了
就再也无法平整如初

你很优秀
但也要持续保持才算
你很能干
但你没坚持不懈也不算
只做表面的
都是虚的

思想

会左右你的感官

想看啥

就会去看啥

想听啥

就会去听啥

想吃啥

就会去吃啥

自己是啥

就会去说别人是啥

人与人之间

我宁愿干净地输

也不要肮脏地赢

你把你藏在内心深处的伤痛

告诉了你认为最信任的人

之后

他再也不来关切

这时

你应该觉醒

因为

你可能已经变成一个笑话了

没人会喜欢跟弱者为伍的

我的善良
从不带刀带剑
邪恶还总是轻易地把我占领
被囚禁的天使
动弹不得
弱得无法让自己成为一个属于自己的王
我不假思索地摘下皇冠
继续笑着善良
为邪恶祈福

不要老怨生活不顺意

想要人家买你东西

想要人家对你好

那

你的东西好吗

你人好吗

值得对方掏钱掏心吗

多反省自己

将心比心

换位思考

你就会明白了

当你甜的时候
他近在眼前
当你苦的时候
他消失人间
他是苍蝇吗

有什么不能原谅的
我们都不是完美的人
既然
你不是完美的人
我为什么要去怪你
我也不是完美的人
我凭什么能指责别人有错

选择善良
是为了不把自己弄脏
不想穿着一件肮脏的衣服走着
真的都不需要自己动手的
惩罚自然会给该惩罚的人

我们都在主动与不主动上较劲着
害怕早出手的
就会输
害怕热脸贴了冷屁股
害怕打扰到别人
然后眼睁睁地看着一个人
慢慢地
慢慢地从你的世界走掉也不挽留
这是什么虚伪尊严作祟

如果
你的心湖够冷静
结了冰
任何石头都无法激起涟漪
甚至
还会
弹回去

我有一件前所未有的外套
只有一个口袋
上面绣着你的名字
那是一个别人都没有权利进来的位置
是想带着你一起去看最美的世界
及给你遮风挡雨用的
如果
终于
等到这一天到来
你想窝进这个口袋了
但是
里面已经全是灰尘
没有柔软的棉花糖铺底
只有冷清与枯花
那表示
这件外套
我已经不要
丢了

把自己照顾好
自己对自己负责
不要让关心你的人担心
保持最佳状态
你才有资格爱人
爱一个人
不是索取
而是
给对方快乐安心

当有人泼你冷水
记得
把冷水烧开
然后
泼回去

虽
一部分长相是父母给的
但
大部分长相是自己给的
你现在是狰狞
还是柔美?

如果你真爱他
你就完全可以接受失去他

因为在乎
所以生气
得了吧
你还不是为了自己得不到回馈
不认输的自私

你说
我可以让你爱
但我不见得要爱你
你说
让你爱已经是我最大的仁慈了
这叫爱
爱得如此卑微对吗
还要我感动得痛哭流涕
继续接受施舍

当人习惯被追捧
就会开始觉得自己高人一等
然后目光只会往头顶上看
说真的
你不觉得
你只是一只会表演的猴子而已吗
是大家娱乐的对象
大家随时都在等你换装表演
而你时时刻刻都在等掌声

如果你跟这人在一起
你更快乐又变成更好的人
那恭喜你
你找到对的人了
如果你跟这人在一起
悲伤寂寞多过快乐
每天都要为他牺牲自己
生活上尽是他给你的烦事
那你要考虑
考虑要不要让他继续耗费你的命
再当他的奴隶了
因为太爱
感情太深
无法承受背叛
才会耿耿于怀

解铃当需系铃人
如果
系铃人不来解
其实也无所谓
只好
如壁虎断尾求生
虽痛
缺憾
依然保有完整
不为一棵树
失去一片森林
另寻天堂
不需要为一个废物来惩罚自己
把自己也搞成个废物

当你发现自己越来越孤单
越来越懂得怎么自在地跟自己相处
应该感到愉悦
而不是忧伤
因为
你已经渐渐地脱离世间细菌
不再是
随波逐流的难民
而是
一朵山谷中
美丽芬芳
不被污染的幽兰

珍贵的情感与时间
只给真心在乎你跟你在乎的人
其他的
都是在浪费生命

搞烂事情
根本不需要费劲
只要有个傻瓜在身边
就可以了

对拥有的
要感谢
你才会再拥有

人
别把自己太当主角演
你真的没有很多观众
掌声不全是活着的目的
人生
一定有很多状况
只能呵呵两声带过
除了呵呵
还是呵呵
然后继续呵呵
啥也不用放心上的
过好自己的日子
继续
呵呵

创新

前提是

要知道你身后粮库是谁造出来的

再想想

你有不需要他人帮助下的完全创新资本吗

前人留下来的粮库

是你创新的根源吧

要懂得感激

不要吃了人家种出来的米长大

还在夸饭是你创造的

会不会

是因为你不会

所以你才要推翻

用创新的口号来掩盖你不行

被我骂脏话

表示我已经够仁慈的了

至少

我有把你当会动且有感知的东西看

努力做一个会升值的绩优股
而不是一张下车就被丢到垃圾桶的车票

喝水必须感谢源头
不是只感谢给你杯子的人
没有水
只给你杯
能喝到水吗
事情必须看最原始的点
不是表面
这才是你该有的判断

一分钱
一分货
你找的是坏人
当然就会得到劣质货
贪小便宜
当然得到的也就是便宜货

一个不问
一个不说
一个不退
一个不让
一个不追
一个不等
一段关系的消失
并不需要多费力
只要一直悄无声息地慢慢地疏离即可
真的
没有谁不珍惜谁
只有谁轻易地浪费了谁

装睡的人
当然叫不醒
装死的人
就让他去死吧
装傻的人
就让他继续傻吧
你活着的意义
不是为了处理垃圾

再难过

都会过

只不过是早过晚过

既然会过

为什么不让它早点过

上等人
是愿意帮助需要帮助的人
中等人
是老见不得别人比他好的人
下等人
是不管怎样都要把人踩下去才能生活的人
过河拆桥的人
不是人
当你贪心了
你的人生就开始黑暗了
当你不觉得对凡事应该心存感恩
那你的人生就注定不会快乐了

我愿意继续让你骗

是因为

我愿意给你机会改过自新

我不在乎你会不会道歉

但我期待有一天

你会体会到我被骗伤心时的难过

并且知道

我有多珍惜我们

要懂得
舍得
而且要真的懂得
别
不该舍的舍
不该得的得
舍了该留的
得了该丢的

在乎你的人
会因为你做得好
为你开心
以你为傲
不在乎你的人
直接冷淡无感
做得再好
他也只会
嗯嗯
喔喔

健康的心灵
是主导健康的肉体的
所以心灵与肉体并重
甚至更重要
往往
在欲望的得失心下
会影响心灵健全指数
不是只有肉体运动
就足够认为自己很健康的
所以
老是自私伤害人的人
基本上
都是有病的

我觉得
香烟是有功能的
它抚平了多少人心
创造了多少人的梦想与快乐
减少了多少人的冲动与坏事
是存在人世间的一种演进
很多事不能只看一个面
那些道貌岸然的人
如果你这么害怕死
为何没有放弃开车
为何没有放弃煮饭
那些空气比烟凶太多了
对人体也有害
为何不也一起禁止
凡事一体两面
好坏自控
就好像
《圣经》里那个为耶稣洗脚的“坏女人”
我就想问
谁自认都没罪的
可以有资格对她丢石头

时间是最厉害的照妖镜

坏人不恶心
因为
你知道他是坏人
最多离他远一点
最恶心的是
伪装成好人的坏人
而且
他还离你最近

会唱歌
但人品不好的人
就等于歌里没灵魂
再多会唱
也不会动人

这个大人怎么样
看他的小孩跟他养的宠物就能知道了
当然
如果大人很好
小孩很坏
那就要怀疑他的爷爷奶奶那一代人了

凡事斤斤计较的人

彩色人生会变黑白

为什么喜欢一个人
他就仿佛变成你的老板
可以掌控你的喜怒哀乐
这样不对
等你
对这段关系没有卑微
一切自在时
那个人
才是对的

爱攻击别人的人
通常
都是想用先声夺人
来掩盖自己的
病态

笨

就勤劳一点

勤能补拙

搞不好还会有人来帮你

错

真心道歉

知错能改

相信会有被你勇气感动而原谅的人

诚实一点

心不就海阔天空了吗

不要

笨

还在装聪明

错

还要演无辜

天真地以为自己演技高超

然后被人家唾弃一辈子都不知道

当你开始不在乎了

你就能轻而易举地找出问题的毒瘤在哪里

不要用自己的无知
去挑战别人的专业

那些心里没有你的人
不就只是
你没有他需要的东西而已吗

有些美好
会刚刚好出现在你在的位置
它正在
给你这一生中最美好的画面
可能这一生都不一定会再出现的
珍惜眼前

面对
并去做你曾不喜欢的事
才有机会
过上曾羡慕过的舒服日子

人生有时
就算被骗得不甘不愿
被骗得撕心裂肺
还不是
知道肚子饿了
不吃
会死
就吃吧
吃完
继续演悲伤
然后继续然后
再然后
数完几个然后
直到不能再然后
然后就
过去了
碰到喜欢你的人
就占上风
就变成你的奴隶
就可以玩得随心所欲
难怪
被追求者
通常
都
特别矫情

餐厅排队
排在前面的人
当然会比较快用到餐
在你身边越久的人
就应该得到越特别的对待
付出有分重量
付钱也分多寡
所以
得到的东西应该不一样
才对

做自己
是要有智慧的
做得让人羡慕
那是
做帅了自己
做到让人想吐
那是
作践了自己

很多人的关系变了

都是

因为别人的嘴

无知坏掉的耳朵

还有脑子有坑

人生有四季
从春天开始织衣
每做对做善了一件事
就会拥有一寸布
做错做恶了一件事
就会消失一寸布
你
拥有多大的一块布了
够你在人生的冬天温暖吗
或许
现在你还在人生中的青春夏天
没在意其重要性
你可知道
这块布
不只会给你未来挡风遮雨
御寒防冻
还能帮你遮羞
并安度晚年

当你等不到对方的承诺时

你就应该明白

那只是客套

是交际话

上心了

你就是呆子

在茫茫人海中
能遇到一个真心对你好
又不求回报的人
那是幸运
也是福气
千载难逢
要珍惜
失去了
可能就再也没有了

你只剩下那么一点利用价值
要不然跟你交朋友干吗
不把你当一回事的人
绝对不会欣赏你的善良与仁慈的
这时代谁管你人品有多好

很多事
表面上看起来是对方的错
但
仔细想想
追根究底之后
原来
都是自己的错
如果
你没感受
哪会有那么多的反应
如果你没在意
哪会出现这些事呢

谁说看起来是天使
就一定是天使
谁说看起来是魔鬼
就一定是魔鬼
谁有资格断定

说真的

我还蛮好奇的

你到底怎么保养的

脸皮可以这么厚

而且

脸怎么看起来

都那么难看

都那么脏

你心很脏吗

同一个破碗
放在路边
跟放在博物馆
是不一样的价值的
你的价值
只有欣赏你的人
才会发现
不要停留在不适合你
或不欣赏你的地方
智者造桥
愚者筑墙
偏偏就有人
喜欢
冷漠当个性
粗鄙当豪迈
无知当单纯
失礼当直率
低俗当风格
是在
自我安慰吗
活得还真可怜

如果你是屎

苍蝇会带着别人的屎飞过来

如果你是花

蝴蝶会带着别人的芬芳过来

有能力时

帮别人加点光

千万不要吹灭别人的光

聪明的人

会让自己快乐

有智慧的人

会让别人快乐

要去面对

并接受自己不习惯的人或事或物

让自己更百毒不侵

水深
越多的自私
你的石头就会越大
石头越大
就会越往下沉
唯有
丢掉那些自私的石头
你才有机会
浮出水面
吸收太阳温暖的光
智人
凡事都往好处想
以欢喜心
想欢喜事
天天无忧

愚人
凡事都往坏处想
处处怀疑
越想越苦
终日烦心
好与坏都可以心想事成
既然可以想出天堂
为何非要想出个地狱来呢
每天都可以
重新洗牌
然后
打副好牌
再来个杠上开花
机会来自
自己愿意放下纠结

拿出自己的贡献来
为周遭不求回报地做点事
这才是来到世上的目的

愿意无条件地给
不怕别人拿
显示你是富裕的
见不得别人好
老是算计的人
永远
是贫穷的
现在恶心又不觉自己恶心的人
越来越多了
他还觉得
这样很有个性

若已超越
就无快乐与不快乐的界定
都能享受
快乐与不快乐是心缺的人的提问与认识
只有啥都知足的人
才会懂得真谛

不足的人
会想尽办法用各种花招
来突显自己
证明自己
就像
不新鲜的食材
须红烧来掩饰
真正
好的食材
清蒸就很好了

那些用力埋心的地方
现在都长满了草
风来枯叶飞
反而
那些没放进心的地方
却硕果累累
有时
我们太容易被自己的欲望与好恶
瞎了双眼

刻意把自己置身在创伤性的回忆中
只是为了
再次展现自己
那种蜷缩在角落的安全感
有点
极度无聊

越亲近的人
要越尊重
要给比别人更好的对待才对
如果
你觉得对自己人
可以随便
那你
真不配当自己人

只有家的味道
才是宝藏
汉堡薯条
只是一时的痛快

假的
演久了
当然累
是真的
不用演
怎样都不会累
你的感情
累吗

糊涂一点过日子
是比较快乐
但
糊涂就没办法把事情做好
事情做不好
也就没有机会过得糊涂
那些
看似迷糊过日子的人
肯定是已经精明过的
搞清楚

我的幸运
可能来自平常也给人幸运

善待别人
就等于善待未来的自己
祸害别人
就等于祸害未来的自己
你对别人做的，最后都会回到你身上

在还没亲眼看到真相时
就做出答案与反应
都在赤裸裸地呈现自己的愚蠢

以前的感情厚如山

现在的感情比纸薄

以前的人

总觉得亏欠对方很多

现在的人

总觉得对方欠自己很多

什么东西会拖垮你

只有三个字

想

太

多

你对人家好
希望人家也对你好
只是
你所期待的好
是怎么的好
跟人家所想给你的好
一样吗
不能说人家给你的好
不是你要的
就不叫好

看不惯别人做事情的方式
是一件很正常的事
因为
没人能比得上你
如果
每个人都跟你一样能干
你还算优秀吗

花

每天

按部就班地盛开

美不美

无须为谁交代

有时候

虚伪含笑

会比热血倾囊

更受欢迎一些

而且

也不会把自己搞到一身伤

唐僧很难扮演

神圣憋久了

没有忧郁症

也会失智

匆匆走过一个地方
只要有个真心在乎并照顾你的人
那里就会是个家
有些人
没有血缘关系
但
真的都比家人还家人
他们给你自在
与舍不得离去

要让一个
天生心地善良的人
说出拒绝
是一件不容易的事
如果有一天
你提起勇气要做出这决定时
我相信
那一定是老天正在为你踩刹车
这事一定有啥不对劲
千万不要心软勉强自己去当好人
这等于是反抗天意
当他人罪有应得在被惩罚时
不要觉得你可以相救
你完全没能力帮他承担业障
到最后
你一定也会伤到自己

别用自己的习惯去看别人
你以为的
只是你自己的以为
不一定会是别人的认为
“以为”两个字
是制造炸弹的开始

要滚
滚吧
他在伤害你的时候
也没在客气
你也不是他要珍惜的
还在那边为他惋惜个啥
别自我感觉良好了

年轻时

那些“只要我喜欢有什么不可以”的猖狂

反而

没现在在为人处世的条条框框限制下

来得自在与快乐

那是为什么

可能是

乖的小孩才有糖吃的道理

不得不这样守规矩

我

隐隐约约地感觉到

有人暗中在打分数

给赏罚

把一个好人
硬生生地玩弄成坏人
比当坏人还要罪大恶极
当然
他得到的报应和惩罚
肯定
也是加倍的
在懂事的路上
就算宁愿选择简单
还是避免不了杂质入侵
好难把持
或许
这就是
纯真
这东西的难得与可贵之处

忙

大部分是看人的

主要还是要看你在他心里重不重要

你的担心

对一个心里没你的人来说

是多余

且厌恶的

因为

你

没那么重要

他不是不讲理

是你根本不在他心里

突然懂了

在路上

即使你很守规矩地开车

还是会有人突然冒出来不守规矩

所以

很多事

不全是你的错

拥抱
可以治百病
不同的人抱
有不同的效果
如果
没有人可抱
就蹲下来
环抱自己弯曲的腿
一样可以给你温暖
它
绝对真心
绝对忠诚
不会离开

人生是一场雨都浇不醒的执着
因为
你选择善良地相信一切
没有怨
就会有福

谁都没这能力
想所发生的事
就能改变过去
那还想那么多干吗
劳心伤神
还不如想现在想吃什么

脸皮薄的人
是赚不到钱的
但是
老天爷并没有辜负那些始终善良的人
他给了他们
有钱也买不到的东西

多跟好人在一起
他们美丽的脸庞
就会重叠烙印在你脸上
这就是为什么
有些人
越看越好看
而有些人
越看越难看
老天既然能给你
当然也能没收回去

我们很渺小
或许
无法做出对这世界伟大的贡献
但至少
我们有爱有善
能让靠近我们的人感到舒服
这就已经是贡献了

往往我们都会从自己的角度
指出别人的问题
很少会从自己身上
去检查自己的问题
如果凡事
都能从检查自己开始
我想有很多的问题都不会发生

有些人
嘴巴说的一套佛
行为根本是个魔
用佛来伪装
披上羊皮
还是狼

好事多磨

但是

磨太久

也会烂

当一个人跟你不开心

或许

是你自己的问题

当所有人跟他都不开心

那就是

他有问题

一个人让人舒服的程度

决定了这个人的高度

人家给台阶下
就要顺势走下来
不要继续任性地越爬越高
摔死的是自己

放过别人
就等于放过自己
层次越高的人
会越清楚面子一点儿也不值钱

不用着急去解释
时间会帮你证明
相信你的人
不需要解释
不相信你的人
解释再多
都是多余的

心里有你的人
不会让你等
心里没你的人
等再久
也不会有
你是便宜货吗
谁会喜欢一个便宜货呢

智慧就像蛇吞蛋
很困难
还是想办法咽下去
把精华吞进去
然后把壳吐出来
而且
还不会刮伤嘴

夏天
本来就是一个
让人变得很焦躁
没耐性烦闷的季节
如果
再把这种情绪散播出来
影响旁边的人
只会让自己更烦躁
没什么好处
所以
你希望别人怎么对你
你就要先怎么对别人

在不了解状况之前

不要老扮演上帝

你只是个平凡人

并不是什么都知道

不要老爱自己在那边写别人的剧本

没事找事

你不喜欢的事

别人也同样不会喜欢

现在的你

是经过很多选择而来的

回头看

如果当初

你不这样选择

你也不会走上这条路

也不会日积月累地这样

当初要是你

选择了不计较地付出

你现在就不会有太多比较与烦恼

但你选择了交易

天天拿付出称斤称两地去论公平

所有的所有

所有的经过

就成为现在你的样子

都留在脸上

照照镜子看看刚睡醒的自己

好看吗

青春只有一次
接
下
来
的
是
不死的青春

搞不好
我们才是鬼魂
停留在一个
我们不愿去承认自己是鬼的世界里
不甘心地
并有所期待地
过着生活

免费的
都是最贵的
还不起的
真的还不起
别贪

你希望别人理解你
为何你不先理解别人呢

想跟对方说什么

就说吧

不要改天再说

改天有没有机会说

都不一定了

事后再说

他也听不到了

找个出口抱怨

是应该的

总要把心中的晦气排出

要不然

积怨太多在身上

会积久成病

别在那边装释怀了

那只是暂时的逃避

其实

没把那些怨恨真正地释放掉

福气

来自你的人品与善良

要实现越高端的成功

就会遇上越高端的困难

一个人最大的失败

就是把原本信任你

并愿意对你无私付出的人逼走

还觉得自己无所谓

人心美

越看就越美

人心丑

越看就越丑

他根本不在乎你有没有好过

你干吗还担心他过得好不好

你越是容易迁就

别人越会挤占你的地盘

你越是太好说话

对方就会越得寸进尺

弱肉强食

人性

通常是

欺善怕恶的

欺软怕硬的

有些人

你必须让他知道

你的底线有地雷

威力会比一般人更大

关心你的人

远比惹到你的人多

为什么你要被那小撮人恼火到呢

有必要这么在乎吗

自己都管不好
你有啥能力管别人
自己都笑不出来
你有啥资格笑别人

抱着利他的心活着
面对任何都慈悲
并放过伤害你的人
凡事转化成正能量
有些东西
是金钱买不到的
但也没很难拥有
只要做对选择

只是刚好在那位置上
也刚好有公开发言的机会
并不表示你啥都知道
啥都会
啥都对
真正满水位的人
摇起来
是无声的
只有半桶水的人
摇起来
才会哗啦哗啦响

喜欢你
身份就必须矮一截吗
被喜欢了
就可以高高在上吗

坚持不了的
都是假的
既然是假的
何须认真

谁欺负你
你就欺负回去
他在欺负你时
也没客气
你还客气个啥
别养肥那些品种差的人
因为
他还会继续去祸害别人

回看那些曾经很在乎的故事
竟然笑自己当初的无知
当时的撕心裂肺
珍贵地保存
为何现在
居然可以瞬间毫不考虑地删除
真的
再怎么纠结
时间都会将你带走

我们只是宇宙中的一粒沙
没那么伟大
没有那么多观众

快乐不是因为你拥有得多

而是因为你计较得少

如果

你现在逃避不理会那个心结

无视

不代表

你就可以逃过

绕了一圈

或过几年

同样的考验

还是会

换个包装

再次出现

直到你真正愿意去面对

接受并解开

这课题才会消失

你来了
我会礼貌地说
嗨
你走了
我也会礼貌地说
拜
当我主动地说嗨
希望你也友善地说嗨
世界就会很美好

本来也就没有
所以何来失去

人家只是客套
你不用太认真
你无法让所有人都满意
因为不是所有人都是人

人们
不喜欢太真
喜欢假真

静静想想
其实也没什么人
在给你找麻烦
都是你自己的感受作祟
自己在作茧自缚
凡事都太以自己为出发点
才会有那么多的情绪
无我
就自在

有时候
残忍也是一种仁慈
太过仁慈
反而是一种残忍

真正地在一起
不是用你的认为来改变对方
而是让他在你这里
做他想要的自己

人有好多面
你对他好
他就会给你最好的一面

成功之前的事情
没有一件是容易的
如果
你老觉得自己不行
那永远
都不行

不需要再抱怨
猪在乎的
只是饲料
不需要再悲观
干吗把自己弄成一个笑话
有时候
真不需要心软
心软可能只会得到心寒
不要和不对的人在一起
错的人占位
对的人
进不来

随着年龄的增长
我们并不是失去了一些朋友
而是我们更懂得谁才是真正的朋友

如果
你有把我当一回事
你的事
就是我的事
不然
你的事
关我什么事

人在脆弱时
魔鬼最容易趁虚而入
当自己啥都不缺时
魔鬼就没辙了

原谅
是世间所有痛苦的最好解药

如果你希望成为最优的
就不能老沉溺在自己的优点上

别人的经历换作你
未必能承受得起
带指责成分地劝说
不是关心
那是再次把结疤的伤口拨开再撒盐

自私的人
永远只看到他自己给了多少
从不会看到别人给他多少

我可以
睁一只眼
闭一只眼
但未必就看不见
我可以
装聋
作哑
那未必就不知道
因为在乎
所以心甘情愿
我装傻
不会是永远
是有期限的
所有好奇的结果
都不会是好结果

被动，是怕打扰他人吗
被动，是因为怕主动后
会让自己的位置比对方低吧
别把自己的公主病合理化
每个人的脑空间容量都一样大
都装着个人的喜爱、需求与知识
所以
内容与成分的百分比绝对不一样
别要求别人跟你一样思路
而且
也不要随便说人家笨
他会的
你不见得会

别浪费时间在心里没有你的人身上
心里有你的人
不会让你等
心里没你的人
你多努力
他都无感
别高估你在别人心里的位置
搞不好你什么都不是
感情
是时间堆积出来的
拿你的时间
来换我的时间
公平
你高贵
我也不便宜

越来越觉得
真正的朋友变少了
其实
这也很正常
因为
有些人
演不下去的
都走了

偶尔自己玩弄一下自己
不要老是等在那边
等着被欺负
被人玩

不是我变了
我只是
学会用你对待我的方式
来对待你而已

你也不愿意弄脏自己的灵魂
因为天堂没那么容易拿到入场门票的

有些人希望爱人最好能独立一点
却给不了对方想要的安全感
说穿了
不就只是一个借口而已
说得这么神圣干吗
一个受人喜欢的人
不会只因为有好看的外形
或
穿戴一身的名牌就可以

最让人心疼的
是那些总是坚信“人性本善”的人

是你选择愿意付出
是你选择愿意相信
是你选择的
怪不了别人
但你可以
从现在开始
选择不要了

有些人
没事自己在那边
装神弄鬼地扮演有个性
没感觉能为你带来什么光亮
没光芒还是没光芒
一个人的光芒并不靠这个
而且
背后还被咒骂
你说你
一直被诅咒
怎么可能会有好运气呢

厉害的人
是能从无中生有
能化腐朽为神奇的人
但真正厉害的是
能一直持久站稳高峰的好人

人帅
不是只因长相
而是
人自然散发出来的暖度
人生路上
一直有
偶然与必然
成全与被成全
时间里
形成一道温暖与和谐的循环
高级品的强强相挺
低级货的才会互撕

心善的人

长相平凡

让人越看越喜欢

心恶的人

长得再好

都会让人越看越讨厌

总一味地付出

惯坏了得寸进尺的人

别

总迁就别人

让自己难受

这个世界

没几个人

真正值得你弯腰

弯腰久了

只会让人习惯你的低姿态

反而觉得你不重要

事谈不成
我觉得
是因为这事必有问题
有人在帮我踩刹车
或者
还有更对更好的事在等我
跟想要的愿望没实现一样
也可能是
现在还没资格拥有
需更加努力
我相信
有人在
暗地打分数
平常不见问一声
有事才来敲你门
你当我是光明灯
还是你家的佣人

成就别人

也等于成就自己

让别人快乐

才会得到真正的快乐

人要互相辉映才有色彩

自以为是地去破坏生命轨道的人

他的一生

一定是黑白灰暗的

心里装满美好
看到的
都是美好
心中装满邪恶
看到的
都是邪恶

当你的心是满的
那就不需要跟别人要了

认识谁
不重要
谁会主动来找你嘘寒问暖
这才重要
否则
那个谁
也只是个路人
罢了
别怪快乐不易
怪自己不够知足吧
而且
还越要越多
当然越来越不快乐

不把它当一回事
就没有那回事

有目的的和善
不叫
真的善
都是装给别人看的
如同
买来放生的
也有罪

人生
就像在荡秋千
做人飘得越高
摔得就越惨痛

人家想用哪种态度对你
是他高兴就好
我想用什么态度面对
也是我高兴就好
我的温度
取决于你的态度

长得再好
狗眼看人低
再有才华
老骄傲地装腔作势
在我眼里
都是零分

可爱
是自然散发的
当然就有人会慢慢靠近
心机
不会只有你自己知道
只是有些人选择不说
当你发现
为什么大家都慢慢远离你时
就要好好看看自己是啥了

一切美好
来自少管闲事
闭嘴
少说话
就对了
别让自己的有限认知
给世界添乱

正义感作祟

想救人吗

如果

这是那人这辈子必须偿还的债

就让他惩罚

他能圆满

咱

智慧不足

不插手碍事

做好自己

已是大功德

跟一个固执的无知
档次不同的人去争论
是蠢的
跟一块木头
有啥道理好讲的

很多事
不会因为你在乎
就一定会变成你喜欢的样子

流浪一下

让脑子放空休息

给予遇到更多新故事的机会

进而创造更多的可能

做出更有效的判断

必须洒脱时

就不管了吧

放下走

你是人

不是神

别让自己在人海中溺毙

弱的时候

都是无能为力的

不需要逞强

你

没那么伟大

冬天棉被的力量太强大
完全没有招架的余地
只能被淹没在棉被里
无法挣脱
任由蹂躏
好不容易
肚子饿
解救了我
勉强又虚弱地
爬出那座山

有些人必须感谢
因为他们看见你的好
愿意给你机会拉你一把
不是每个人都会这样做的

有没有发现
越迁就一个人
这个人就越得寸进尺

人常说
当你被欺负
被背叛了
我们还是祝福他
放下一切
但我就觉得
为什么我就不能对他说
祝你扑街
自己都不舒服了
还在那边装啥神圣
我没有病
那天
在一间不起眼的小庙
感觉到灵性非常强大的
能量
手中的符咒
是临行时
住庙老婆婆亲手交到我手上的
并轻声对我说了祝福
我倒不在意符咒灵不灵验
就是被她那双关切的眼睛吸引
那种真心关怀的眼神太久不见了
现在的社会
假东西看太多了
这种真的
就特别珍贵

每个分离
都不会是两人完全同意的吧
是谁伤害了谁
谁比较占便宜
谁比较受伤
公说公有理
婆说婆有理
都是自己当初的选择
怪不了谁
但
我相信
现在你被欺负了
下次轮回里
会换成你欺负他的
欠来欠去

不要企图改变别人
那将会是你烦恼的开始

心里有你的人
不需要你一直主动

我这边很冷
只有你可以给我需要的暖

是你的
不用等到他有空
不是你的
等再久
他也不会有空

通往成功的路上
唯一需要的装备
就是
同理心
常以自己为出发点
计较自己的得失
不站在别人立场去设想的人
往往都
不会成功

就是觉得自己太聪明
样样精明地计算着
才把自己搞到这么累又不快乐
被骗了会死吗
笨一点又有啥损失
人
只要善良有爱地活着
你就会拥有别人所没有的快乐
这才叫聪明

生活已是修行

如果

心不善良

为人不慈悲

斤斤计较

处处防备

吃再多斋

念再多佛

都只是做给别人看的虚荣

伪装而已

脸上
那前世多情
被深深烙印的
胎记
酒窝
记号
是否在今生已经找到想找的人
年过半百
时间不多开始迫切地寻找起来
今生一直不断地
找爱
遇爱
造爱
给爱
我想
总有一个
是我想找的人吧
希望我希望的对方
也会跟我一样等待
所以
我就这样
珍惜难能可贵的相遇
我相信
每次相遇
都不会是
没有原因而来的

性不是爱

喜欢不等于爱

如果

你还会吃醋

那你没资格说

你有爱

爱

是衷心希望他快乐

而你

不论得失

不会嫉妒

千万不要对愿意相信你的人撒谎

因为

他们都是愿意相信你的人

这种人很珍贵

不容易遇到

天使为什么能飞
因为
他们很轻
行李很少
烦恼没有
所以
可以飞上天堂
恶魔就是把自己看得太重要
背着复杂的得失
太重
只能沉下地狱
那些
曾经让你爱得死去活来
痛不欲生的人
是不是
时间久了
再回头看
也没觉得有什么了
那是爱情
还是发情
当初
都在纠结什么
执着什么呢
很可笑

笑容
是最天然的美容圣品
不需要花钱
不需要早晚涂抹保养品
只要出于自然
有一颗善良乐观的心
这种
无价的美容圣品
不是钱能买得到的

老觉得
人家帮你撑伞会感到不好意思
宁愿去帮别人撑伞的人
是真正富有的人
反之
老觉得人家应该帮他撑伞的人
是贫穷的废物

如果

你不愿给想爱你的人

一个机会

怎么会知道

他就不会变成你会想爱的人呢

好看的皮囊

千篇一律

爱你又疼你的灵魂

千载难逢

人走了

就

再也没有了

生命中的各种堆积
凡走过必留痕迹
多了偏差与贪婪
你的世界就不会
圆满
适时地纠正自己
弥补过错
你的人生就会还有机会
美丽

外在会老

内在不会

空心

实心

哪个实

管他长得有多好

不爱你的

都是

零分

每件作品
都来自我的孤独
虽然过程
任性
不想被打扰
但
内心还是希望你
悄悄地
端上一杯凉茶
放在我桌上
不发一语地
亲我一下
然后
轻轻把门带上
毕竟
这时候的我
必须
付出纯真
像个孩子一样
脆弱
无助

重感情
可能会被他人拿来
当嘲笑的内容
怕啥
你也可以
嘲笑回去啊

能付出的人
是富有的
懂感恩的人
是有福的

有人关心你
你的辛苦
就会减轻很多
若
你喜欢的人来关心
你的辛苦
就会
不见了

因果循环
凡事都是个圆
你给别人什么
早晚都会回到你身上
所以
你不喜欢别人对你做什么
你就不要对别人做什么
相反地
你喜欢人家怎么对待你
你也必须怎么对待人家

如果
真的只能这样
那你又能怎样
何必那样
还不如好好的
这样
不再去想
那样
因为你不能
怎样

不管
是佛是神
每天都会幻化在
你会接触得到的
生命形体
你要
好好对待
每一次遇见
以
笑容
迎接

不是看他有多少
而是看他能给你多少
不是看他有多好
而是看他对你有多好
平衡
才能永恒

你会烦恼的原因
就是
你把自己
看得
太重要了

不管你有
多喜欢
多在意
记住
有互动的
是活人
没互动的
是死人

我的成熟
不会用在单纯善良的人身上
我的纯真
只给懂得感恩的人

善良慈悲
不需要吃斋念佛给别人看

世上最难拥有的
是
不离不弃的感情
尤其是
非亲非故的
如果
别人没努力
你怎么帮
也不会成功
所以
你也要反过来
感谢他的努力
成功
绝对不是
只有一个人的功劳

有百分之百的心
就会知道怎么求原谅
不到百分之百的心
就不会知道如何求原谅
用多少百分比的成分去求得原谅
就会得到多少百分比的成分的原谅质
真原谅
假原谅
要看你
真多少
假多少
现在人
都不是傻子

你以为
是你自己很厉害
其实不然
是你的背后舞台让你变强大的
走下舞台
你可能啥都不是

曾经两人
是那么没距离
因为
我们的方向一致
就会
越走越近
现在
真的没距离了
是因为都放弃了
都不在彼此心里
失去了前进的方向
所以
找不到
彼此的距离

删除没用的照片
对于去天堂的老友们
我都会留着
对于那些不再联络的
老熟人
删了吧
占用太多人脑硬盘了
容量有限
会死机
空出空间
好安装新的好故事
有些人
不会欣赏你的重感情
要不然
他们早就出现了

人常常在不开心时
会对身边最亲的人发脾气
因为
在潜意识里
你觉得他们应该最了解你
能包容你
但你可知道
当你对他们发脾气时
所说的每句伤人的话
在在乎你的人心里
都会比一般人
大上十倍地痛吗
为了讨人喜欢
而去改变自己
就算得到了
也是别人的
应该是
先做自己
用自己去吸引人喜欢
得到的
才是自己的

收起苍蝇般的黏人行为吧
这样真不能代表什么
在
不在乎你的人心里
是一种骚扰
你
真不需要廉价自己
真正在乎你的人
是不需要你当小丑
来引起他注意的

不是什么都依你
叫合适
不依你
就叫不合适
是交易不在同一个利益点上吧
合适
两个字
只是个退出的礼貌借口

你给一
我还一
你给二
我还二
你不给
我也不会给
谁都不欠谁
公平
这时代
别妄想谁会为谁多点付出
除非心甘情愿
但大部分的人
都办不到
就像逛街一样
商品再美
再好
没能力购买
也只能看看就好
摸摸鼻子回家去
人也一样
先衡量自己
再喜欢
再爱
经不起负担
承受不了代价
看看就好
过段时间
自然就会忘的

人是
贱的
爱你的
你理都不理
不爱你的
你穷追不舍
追你的
你高傲望天
你追的
你卑微伏地

到了某个年纪
本来没近视的
却多了老花
冥冥中
好像在告诉你
不要相信肉眼所看到的一切
要用多一层滤镜
或许是智慧
才能看清楚这世界
也或许
看不清楚
也
没关系
这才是人生

给自己说声对不起
就因为你人太好了
所以才老被人欺负
不过
也要谢谢自己
就因为你人太好了
所以你有很多人爱

骗我一次

伤我一次

看你的表现

或许

我可以考虑不计前嫌

再给你一次机会

那是我的人品与善良

再

骗我第二次

伤我第二次

我就不会再相信你了

但是

我会完全相信

你确实是个烂掉的

劣质品

有些花会开很久

有些花只开瞬间

花

明明知道

开完会谢

花

珍惜着盛开的时间

尽情

享受着

阳光的温暖

空气的温柔

水的滋润

无牵挂地

彻底地

美了一回

不要用自己的标准来批判别人

你自己并没有比他人完美无缺

门

多少人从这里走过

多少次你开了又关

你带了多少人进去

又有多少人夺门而出

有人写着欢迎光临

有人写着生人勿进

你的门

写着什么

你就会有什么样的世界

前世要修五百年

才有今生一次擦肩而过的机遇

此时此刻的我们

那岂不是已经修了几千万年

不是来了

就叫缘

而是来了不走

才叫缘

大部分的人
都会在意
别人给你啥感受
很少会去检视自己
你给人啥感受

一个人
最大的资本是人品
不是长得好看

当你生命中出现一个人
没因此
更快乐
过得更好
反而
更烦恼
更没安全感
那
你在挥霍生命

浪费你的时间
狠心地一刀切
要回自己的好
壁虎可以断尾求生
来日依然完美
你
也可以

权势
功名
钱财
永远比不上
半夜噩梦醒来
身边有个人
一句
“别怕
我在”

面对一层层的剥削
如果
我皱了一下眉头
我就
没资格
在山顶上
无忧地
享受日出日落
然后
嘴角上扬

我相信
每个人都是用心的
只是用心程度与方式有差异
而已
不能说别人不用心
毕竟
你不是他
他不是你

穿别人的鞋
走别人的路
就不要批评别人的鞋不好
有本事
你自己做自己穿的鞋
开出你自己的路
不要什么都不会
不感谢
只出一张嘴

先放下的
先自由
不放下的
继续
囚禁

如果他还在乎你
就很好哄
如果他不在乎你
哄到死
他还是个死人

我主动
你不动
你不主动
我也不想再主动
然后呢
很多关系
就这样
然后
然后
没有了然后

心里有个人
而那个人
又时常不在身边
才会感到
寂寞孤单
如果心里没有人
那叫无聊

看到
听到时
冷静
不马上高兴
不马上烦恼
诸相非相
真假
时间自然会给你答案

日子
会越过越少
会有更多的陌生来取代熟悉
无法抗拒

对人有礼貌有笑容
对身边人真诚有关怀
连这些小事
你都办不到
你还能办啥大事

放下
谈何容易
既然放不下
何不清除一些没用的东西
像硬盘一样
腾出空间
不就可以
放下了

负面情绪

心情不好

一

是来自

自我意识太强

凡事都以自己为出发点

二

是来自

固执防守尊严

不容许有不同的观点

不是你不好

只是刚好

他不要

两人之间

为什么一定要刨根问底

为什么一定要查个水落石出

为什么一定要论谁对谁错

为什么一定要争个谁输谁赢

想要什么结果

到底想要什么结果

而

这个答案

真的是你想要的结果吗

善良是必须有底线的
不然
恶人就是被你养出来的

小时候
教堂院子里有一棵洋玉兰树
它比玉兰花花瓣短胖
洋玉兰开花时间很短
味道清香
舒服
非常脆弱
轻轻一碰触花瓣四落
小时候
经常小心翼翼地摘了几朵
捧在手心
一路双手保护着花
拿回家
送给妈妈
妈妈总是惊喜得眼睛一亮
像月亮一样

弯弯地柔柔地笑着

闻着

这画面好美

我好喜欢

长大后

才知道

她喜欢的

是我

是我所为她做的事

而不是因为洋玉兰花

洋玉兰花

有妈妈好美好美的样子

还有我最单纯的快乐

你不把不好的心情放下
老想着
沉溺在回忆里不断翻搅
为这负能量发功加速
不断地呼叫它
不断地呼叫它
它就会真的让你心想事成
要知道
好的坏的
都会心想事成的

为什么会觉得没安全感

因为

你有所要求

因为

你在等付出后的回馈

很难用无数的好

去摆脱一个坏

很难用无数的善

去弥补一个恶

没事
就是
最好的事

善用每一次的失败
它可能是成功的关键
如果每次失败
你就一蹶不振
那这个失败来得太没意义了
失败
其实是一种福气
让你失败
是在确认你是否真有资格拥有这福气
它是个让你变得更强的机会
得也是失
失也是得
看明白的人
拿走

愿意放下
自己所执着的认知与私心
你才会有机会走进对方的心里
久久地住着
不会被赶走

我所有的好
都是应该有的好
没有什么特别
我只是想把人的基本角色做好而已
并不想
活得不像个人

人生道路上
充满荆棘
不能凡事都怪荆棘
它也有它生存的权利

造一座收容寂寞的处所
让寂寞能找到其他的寂寞
从此
不再寂寞

我能感觉到
风所带来的柔软
我能闻到
花散发出来的香味
我能看到
云的灵感所创作出来的图画
我幸运
和一个让人舒服的人
安静地坐在一起
我们没有干预对方的思想
没有强灌对方自己的理念
也没有坚持自我主张
我们互相尊重且真心在乎着
时间很慢
很安静
很舒服
很自在
凡事要先检视自己后
才有资格来评价别人

遇见一个爱你的人

就好比

在人生旅途中

有人送你一张让你安心坐下来休息的椅子

一定要好好爱护这椅子

平常多擦拭、珍惜

如果椅子坏了

好好地修缮它

对待它

别轻易丢弃

一旦丢了

就不见得还会有张椅子来

到时候

走累了

也没椅子可坐了

默契

在我们彼此心里

深埋着

每每想起

就会嘴角上扬地甜笑

暖暖的阳光

抬头仰着

感觉什么都很美

有人等

是幸福的

我一直以为

我们

会是我们

后来才明白

你

是你的

我

是我的

到达巅峰不容易
维持巅峰更加不容易

爱的欲望
真的会使人变得幼稚
就像个没家教的小孩一样
非要不可地任性
每天在胡闹着

不管
你的他
再有钱
再有背景
长得再好
再有学问
再孝顺
再乐善好施
不疼你的
什么都不是

谁都无法控制别人不添油加醋地
为自己的说辞拉票
毕竟
这世上真有很多人喜欢用耳朵在
认识人
我就在想
老天给你眼睛和脑
都是拿来干啥用的

当所有付出都需要有回报时
那正是不快乐的开始

能力不足的人
才会一直很忙
不在乎你的人
才会一直很忙

有时候事情会远比想象中复杂
在责怪别人时
不妨先问问自己
你是否完全明白别人都经历了什么

绝对不相信
忙到没时间
其实
是看你在他心里
重不重要
而已

人生道路上
一路风景
随心随缘
合则留
不合则去
到站
有人上车
有人下车
正常
珍惜留下的
祝福离开的
人
初来世上
本来就啥也没有
何来失去

当某人要走出你的生活
就让他去吧
对不珍惜的人别可惜
坏掉的东西
该丢就丢
刚好可以把位子让出来
请对你更好的人进来坐

人生

就像山谷里的回音

你喊

好

它就回好

你喊

干

它就回干

都是自己的

选择

话还是少讲
免得泄露了你的不足

人在运气不好的时候
还表现出一副令人讨厌的样子
那真是雪上加霜
难怪你运气一直不好

不要随便告诉人家你的脆弱
除非
你很确定你能拥有真心的拥抱
要不然
你就是人家闲聊时的娱乐新闻

不要轻易放弃一个对你好的人

因为

那可能会是你这一生中的最后一个

年轻貌美不会是永远

有钱有势常有不测

更何况

有很多东西

不是你想要

就一定会有

我一向
凭感觉
感觉不到感觉
一切甭谈
或许你会觉得
我
很自我
你会这么说我
我相信
你也
很自我
一个碗
放在路边
没人会理会
但
放在博物馆
那就会变成众人叹为观止的珍品
人也一样
一个人的价值
取决于你所选择的位置上

别老担心
会失去谁
自己好好想想
谁又害怕失去你了

最肤浅的关系
是
只要你有一点不顺他的心
他就会完全忘了你的好
任何人或事物
都有优缺点
有时候
优点也是缺点
缺点也可能是优点
就看你怎么解读及消化了
如果
你能把遇到的缺点
都转变成优点
那
你就会比别人
更清楚地看到真世界
也会开心很多
成功了
说什么都是对的
还没成功的
说什么都不算什么

别人的成功模式
只适用于他自己
不见得适用在你身上
仿效模式
是超不过别人的成功的
再怎么努力
都是别人的成功
不是你的
你只是捡人家掉下来的渣

干吗非得现在有答案
要给你的答案
会主动来找你的

我种了
一颗月亮
用想念当养分
每天对着它唱歌
它会长得很好看
一次一次地往高处爬时
总会遇上
在高处丢石头的
还有在后面扯后腿的
都让我越挫越勇
进而
学会了十八般武艺
抵挡所有
我耐住了寂寞孤单
丝毫不被各种考验
击倒
到达高峰
站在高处时
我不会向你丢石头
我会
伸出双手
握住你
因为我知道
那条路
真的非常不容易

越到高峰
空气越稀薄
越孤单
原来
绊住自己的
都是那些放不下的行李
每每看似简单的事
其实都不简单
而那些无名的自以为是
就是一张不及格的成绩单
永远拿不到毕业证书
这或许就是所谓的遗憾

如果
你无法原谅让你愤怒的人
那你就继续囚禁坐牢吧

老板不会给你荣华富贵
只会给你
机会
朋友也不会给你荣华富贵
只会给你靠近他的
机会
越困难就越沉默
越没劲就越吝啬
活得像一潭死水
时间久了
就成了一条堵塞不通的臭水沟
越困难就要越多主动付出
多给人笑容
才会疏通
才会变成一条清澈有鱼的河流
才会有机会流向大海

松翠云白如仙
樱花飘美人间
轻舟小渡明月
春满合欢梦圆
花飞
蝶舞
枫天
戏草
虫跃
鱼莲
喜上 陈年酒泉
乐在周游 曲田
自在无争
如烟
惜得福中
甘甜

若无其事
是最厉害的报复

我们没办法做到
让每个人都喜欢你
但我们可以做到
让自己去喜欢每个人

想改变
想更好
先学会感恩

只有在你来我往的交流中
才会磨出温度
要不然
你
只是我闪过的一道风景
只是我交错过的一个路人而已
心烦
不应该是
对方不懂你的心
而是
你总是
放不下对方的心

装傻
有时候
是为了大局着想
但
没智慧又自私地装傻
会更显示奸诈狡猾

机会

不是留给准备好的人

而是

留给坚持

并且

不放弃的人

你真的努力了吗

努力的人

是没时间哭的

现在还在哭

那表示

你的努力只用在哭上面而已

你总是心太软

心太软

独自一个人

流泪到天亮

你无怨无悔地爱着那个人

我知道

你根本没那么坚强

不要想征服对方
这是最忌讳的
不管是夫妻或恋人
去追究谁是谁非
谁对谁错
干吗
最后总有一个人会受伤
大忌
好的伴侣
懂适时地装傻
绝对是最好的
家
是创造爱的地方
不是法院

不是只有你的付出才是付出
别人的付出都不是付出

就算
是完美
怎么牵拖
都不对
不忍看你那么辛苦
我所能为你做的
只有
默默地
祝你幸福

作品
两个字
只是个形容词
生活
每一分钟
都是
作
品

是的

人生有太多无可奈何

但

如果

你能从无可奈何中

找到隐藏的快乐

那是境界

有福

当你真的找到了

那啥事对你来说

其实都不难了

如果

还觉得难

那就是

贪了

如果这世上没有你不喜欢的人

没什么你认为不能原谅的错事

那你这世界就太美了

遇到不被理解的时候
不用急着去争对错输赢
先看看对方是谁再说
要明白
不是每个人
都配得上你的解释
不用浪费时间去击败无知的人
他跟你不是在同个档次上

唯有充满希望
机会才会找到你
唯有充满乐观
快乐才会找到你

你选择了虚伪
就甭想有人会理解你的身不由己

快乐

都会终止

只有不断地给人快乐

那快乐才会一直持续着

看了《跑调歌手》的电影
剧中女主角唱歌一直是荒腔走板
但
她先生总是假装很棒地蒙蔽事实
最后
终于明白
很多人只是把她当笑话看
高龄的她
在临终时
说了这句话
“大家笑我不会唱歌
但是
至少我唱了歌”

人生
要勇敢地走在路上
不虚此行
有种缘分叫作
我想认识你
然后
想尽办法找到你
并且
勇敢地跟你见面

我把唯一的青春汗水
留给一个不承认我的地方
把大半辈子存下来的财富
交给一个原来不能信任的人
把我的真爱给了一个
后来才看清楚是海市蜃楼的人
但是
我没有恨
没有后悔
只是惋惜
惋惜你们没拥有一个那么棒的我
我
这么富有的灵魂
你们是拿不完的
我
一样继续
傻傻地过日子
当个永远长不大的小孩

每一个人
都是自己的反射
当我们喜欢某个人的特质时
也就表示我们也有这种特质
才能轻易地认出它来
反之
当我们讨厌某人的一些缺点时
也代表自己内在也有这项
只是没演出来
所以
你骂人白痴
你也就是白痴
且跟它很熟

藤藤蔓蔓
无垠之岁
千疮百孔
不破之美
莺莺燕燕
成群结队
花花草草
惹来香陪
友茶聚首
流连不退
缘分竟是
万里相会
反正悠闲
望星赏月
正是无虑
细数柳眉
忘了江山人美之最
记了千逢不醉一杯
叹吧
旧朝换古之废
真是绝色绝美
井水

贪玩

贪酒

贪睡

贪吃

贪财

贪色

贪……

任何一种贪

都是贷款

是必须还的

你可以继续贪

但

你有能力还吗

别跟魔鬼玩交易

你玩不起

很多事

都因为自己把自己看得太重

老以自己为出发点去看待别人与事情

当别人没照你的意思去做你认为对的事情时

就产生了烦

就惹到你了吗

这世界没有你

还是依然转动的

这世界没有你

那些你认为严重的

其实

也不存在

闭上眼睛

想

如果你不那么重要

事情会如何

不管是对的事错的事不都也会过去的

何必浪费时间去糟蹋当下

放过别人等于放过自己

你不烦

别人也不会不快乐

无我

就自在

你不做

一定会有别人做

你不动

没人会等你

如果你够好

人家没有

不要你的理由

老爱怀疑的人

是很难拥有幸福的

世上最大的恶

就是利用别人的善

你所讨厌遇到的
不想遇到的
不开心遇到的
都是你上辈子还没修完的课题
老是逃避
不去面对
永远学不会
而且
绕了一圈
过了段时间
还会再来一次
直到
你面对并学到
为止

耐性

不是软弱的表现

孤单

是一个人的狂欢

狂欢

是一群人的孤单

所谓的成熟

就是

你越长大

越能学会一个人生活

能适应一切

耐得住寂寞

不随波逐流

做事

不能得过且过

因为

那等于

你把你的成功率

打了折

别贪婪别人对你的体贴与包容
那是有一定的限额的
要是你都不充值
迟早会停机的

了解你的人
不用问
他们都能相信你的人品
半信半疑的人
就会问
而且不一定就会去理解
讨厌你的人
会用耳朵来认识你
并加料不实地传播你
来娱乐他自己和别人

绝对相信
正向乐观
是最好的药
如果自己不极力挣脱旋涡并伸出手
就算千军万马要救你
也救不出来
再好的医生给你再好的治疗
如果你自己不想好
谁来都是多余的

有些事
在有限的脑袋跟有限的智慧里
是无法判断真正的意思的
所以
不做二手传播
万一传播错误影响到别人
那就是造孽

如果你不能忍受我最坏的一面
那你也不配拥有我最好的一面

什么都要
就什么都不是
把眼前的桶子装满水
再装其他桶子
别每个桶子都装一点
活成了个半桶水的

说那么多的谎
每天还要想更多的谎来圆
不累吗
没有人永远年轻气盛
别把自己端这么高
端越高
摔下来越痛

先学会
仁慈善良有礼貌
再来跟我谈你对信仰有多虔诚

我的态度
取决于你给我的是什么温度
我的修养
是来自我想成为什么样的人
我的行为
就看你是个什么样的人

想念
是一种每天早晨非要不可的咖啡味儿
回忆
是一杯苦尽甘来的茶

你那边还好吗
我这边今天变冷了
我的手只能放进口袋
因为
没有你的手来捧着它们吹暖

如果你的爱
没有足够大的包容
怎么能说你可以给人爱呢
如果你的胸怀
不够宽厚
怎么能说你可以给人依靠呢

每次拍照

都是留下生命中最年轻的时候

再不拍就拍不到了

记录人生

不管过得好不好

都是感谢拥有

说是心甘情愿的

都在等待一个对方真正的明白与肯定

精心地营造自己的受难

幻想那一阵热的感动眼泪就夺眶而出的美景

那是要自造多少的委屈才会有呢

破了

还要

补吗

谢谢你

陪我度过好几个冬天

或许

你累了想休息

或许

你希望我别把你丢了

换个新的

外套破了补吗

感情破了补吗

如果你希望

我会

人最大的资本是教养

不是长得好

天气冷
不适合
贴冷屁股
你找别人贴吧
我
不想感冒

不想探讨水有多深
不想知道里面有啥
越搅越混浊
搅乱一江春水
管他谁的想念在不在
宁愿如镜湖面映蓝天

人的一生
所遇到的人
就像森林里的树
风起
交头接耳
随风摆舞
雨来
相互依偎
遮挡
拥抱
一起迎接阳光
一起守候夜晚
一起长大
每天
看你
多长一片叶子
多结一颗果子
就替你开心
彼此的关心也是养分
你的森林里
还剩几棵树呢

满院常青竹
风来袖飞舞
悲喜笑照看
有无皆满足

我为你的背叛捏把冷汗
担心着
下一个你背叛的人
会不会
像我这么温顺

不用讨好他人
更不要树敌
因为
你负担不起
那种伤

你所惊讶看到的
会不会都是因为你见识太少
不用表现得这样夸张

心无欲
则毒不侵
心不杂
则快乐随

如果你在他心中很重要的话
不需要你一再地主动联系

善良
是给会珍惜你的人的
对于不珍惜的人
不配拥有你的善良

嘴
是一切祸源的开始
话如刀剑
没把握者
少说为妙

改天

谁有能力能改得动天

除非

不想见这个人

才会用这样的借口脱身

要不然

时间是越过越少的

如果

老说改天

你确定

还会有那一天的到来吗

再忙

再没时间

一定要为心里的人留出时间

别为自己造了一座遗憾山

趁年轻努力工作赚钱固然重要

但

该玩就玩

该休息必休息

除非你是想赚钱给你未来的医生

烦恼
大部分都来自一个字
贪

装睡的人
是永远叫不醒的
装死的人
就让他去死吧

你的优点
是尊重专业
缺点是
不想知道谁是专业

当一个人心里有你
再怎么忙
都会找你
当一个人心里没有你
就算闲着
也不会想到你
醒醒吧
别把自己搞得这么廉价
重视你的人
不需要讨好
不重视你的人
不要浪费你的好

朋友问
你有运动吗
要运动才会健康喔
我说有啊
我每天都在爬心里那座
只有我看得见的智慧山
心灵的健康也很重要喔

对你另外一半好一点
因为以后他可以决定
是推你去游山玩水
还是推你去荒郊悬崖

宝石
在地底下孤独蜕变成形
等被发现之后
被视如珍宝
被人爱戴
人们享受着它那缤纷的光芒
并奉为高贵地炫耀着
没有人在乎它怎么来
过着什么样的岁月
经过怎样的寂寞
才有这样的璀璨
我想
这就是来到世间的目的吧

地球
在宇宙间
微小如粒沙
那些自大的人类们
你在伟大个啥呢

做事情
不求任何回报
就不会感到累
如果做啥事
都要别人看见
等着回报
那就真的会很累

纠结
一根解乏的烟
心情没不好
只是想吐口气
时间
会走
会过
这烟抽完
灰灭
随风飞

有很多美
不管你看不看
它都在那里
当你对任何事都心存感激
你就能看见别人看不到的美景

都说瘦点比较好看
问题是
我又不难看
我干吗瘦
胖
是福气
表示我过得很好
有人疼着

你我认识
也算是人间珍藏了五十几年的好酒
人生有几个五十年
真的很难得
五十年很久
你久
我也久
长长久久
我们要继续见面
常尝久酒

高冷的人
有啥好装的
不但不受欢迎
还会被人在背后诅咒
明明是个脸
硬要把自己的脸演成冷屁股
我想说
高冷的人
也不一定一直都是高冷
主要看他愿意暖给谁罢了
反正不是你
再说
跟脸长得像屁股的人
到底有啥好来往的呢
你只是不习惯他们处理事情的方式
看不惯他们跟你观点不同而已
你认为的对
不一定是对
人家的错
也不一定就是错
人们

对于喜欢的人
不管他做什么
你都会认为一定是好的
对于不喜欢的人
不管他做什么
你都会怀疑他的目的性
我觉得
很多事没有对与错
只有自己喜欢与不喜欢而已

喜欢上你
并不是
因为你长得有多好看
而是
你在特殊的时间里
给了我
别人给不了的感觉

候机

我选了个两人座的小桌子坐下来

有个老外

很有礼貌地问我

我对面的椅子有人坐吗

我微笑地指了下说请坐

他也笑了笑说谢谢就坐下

他那绅士的气质与风度引我注意

虽看得出年纪至少有六七十

白发秃顶

红光满面

干净的休闲穿着

让人觉得舒服

我们一见如故地交流

他就坐在我对面

过了一会儿

他的班机开始广播登机

他起身收拾细软

临走时握手并说

Nice conversation

take care bro

然后

他把他在桌上的纸杯罐全收拾拿走

恢复原桌面的干净

人能活得让每个陌生人都有这么舒服的感受

让每个靠近的人都有笑容甚至温暖

想必他的生命一定是最高等级的

令我尊敬

take care bro

我是一颗小沙砾

一个快乐的小生命

见过的故事不到世上千万分之一

上天厚爱

给我很多美丽的音符

跟美丽的画面

让我有能力贡献分享

在春天一起开花

在夏天一起翠绿

在秋天一起想念彼此

在冬天一起团圆取暖

不管你想做什么成就
想变成什么样的人
先问自己一个很简单的问题
你想不想晚上睡好一点
想仔细想清楚
再做决定

每个年龄阶段
有每个年龄阶段的优势
如果
活着一直沉迷于别人的标准里
你只是一个随时可能过时的商品而已

虽无华服御膳
也无金山银海
身边爱我的家人与知心满满围绕
这才是坐拥无价之宝最富有的王

睡醒睁开眼的那一刹那

属于你自己的电影就开始上映

你的眼睛是你的摄影师

你的脑是编剧

你的心是你要的内容

耳朵是你的收音麦克

你今天想拍什么样的电影

一切操之在己

常听到朋友说
某人很难搞
要怎样才不难搞
他又不是你养的宠物
为何一定要随你起舞
你说什么就是什么
才叫好搞吗
如果自己不难搞
又怎能看懂别人的难搞呢
反思自己
把别人想得这么复杂
我想你也应该不简单吧
每个人的脑容量其实都一样
只是里面装的内容不一样
所专注的东西也不一样
反应当然就不一样
勉强别人做他们不愿意的事
本能就会反抗
这反应绝对正常
别用“难搞”两字
来替自己的无知无能脱罪

我创作音乐就好比炖汤
过程漫长
必须慢慢熬
慢慢炖
花很多心思去选对的食材
了解食材的优势与特性
谨慎运用火候
还必须讲究汤品的季节性
才能恰到好处
等待过程中
时而倚窗望天发呆
时而听风赏花冥想
时而夜里数着死去的细胞
时而记录书写等待的孤单
但是想到品汤人
在品汤时那嘴角的一抹笑
就心满意足地忘记所有漫长累人的煎熬
然后又乐在其中
这样也过了三四十年了

四处找我的眼镜
找了一个多小时
当我快要抓狂的时候
才发现
它就戴在我头顶上
真是
越是着急越要冷静
优雅且不缓不急地处理

结果
要什么结果
为何要有结果
结什么果
结善果
两方欢喜
结恶果
两方受伤
输了也是赢
赢了也是输
在爱里
没有输赢
只有要与不要

曾经
我像一个没安全感的小孩
活在讨好与被讨好之间
攀附着过生活
现在
我依然是个小孩
但我已懂得去寻找各种会让我开心的玩具
不靠别人
一切随心所欲地
继续天真

只有希望对方真快乐地无私奉献
才叫真爱完全
如果你是害怕受伤害地渴望有响应
那是感情交易

在职场上

人家把你当将

别把自己演成兵

老计较一些蒜皮小事

在爱情里

人家把你当后

别把自己演成婢

老在那争风吃醋

在朋友间

人家给你信任

别把自己演成垃圾

人家把你当宝

别把自己演成草

眼光短浅的人
是看不到沙漠中
也有花会开的
花
不是不开
而是一直在等待那完美的一滴甘露
要关心
就拿出舍得割自己肉的那种心情
否则
风凉话少卖弄
难过的人
此时
越脆弱越敏锐
越容易辨识真伪

对于那些
做不到又喜欢用嘴批评的人
他的话
直接当空气

最远的距离
有时就在眼前
就是那个最心急的地方
不管
手再怎么往背后弯
就是挠不到蚊子所叮在背部的那个痒

我跟我朋友都透明如窗

镜面脏了

谁都会努力把镜子擦干净

对方有需要了

一定也会帮忙擦

就为清楚地看好对方

有机会开窗

我们一定会尽情拥抱彼此

享受没距离的难得

平常

每天起床拉开窗

会看到那个带着阳光且充满笑容的对方

窗无法打开时

我们会站在窗前很久

笑笑地凝视镜面

好似他也能看见似的

手倚在窗的镜面上

合着彼此的手指

感受温度

有个朋友问
为何你最近的新专辑
唱法都比以前唱得轻了
其实
这样的唱法
懂的人都知道
并不好唱
既不能自己玩得很自我地飙高音
又不能壮大声势地展现自己去
尽情吼叫
只能轻声细语
每个音
每个字
都要小心翼翼呼吸轻放
像在哄小婴儿般
我觉得
唯有这样唱
才能代表我是如此以你为主地
在乎着你
才能让你感受得到
当你孤单的时候
还有我会陪在你身边
唱歌给你听
而且
只给你一个人听

我是他们困顿惆怅时的智库
我是他们疲惫不堪时的港口
是他们伤心难过时的温暖
是他们孤单寂寞时的家
看见他们成长成功
我会替他们开心
并很骄傲地回答别人
是的
他们是我的家人

是棉被把人暖了
还是人把棉被暖了
是先有鸡
还是先有蛋
这些都是
先有你之后
才有的问题

年轻犹如铅笔尖
很尖
很锐
慢慢地
随着岁月
渐渐地被磨圆
不过
不要过于圆滑
过度了
也就差不多又该挨削了

很多人
只会拿别人的东西
很少会给别人东西
很多人
你给他东西
他会笑
你拿他东西
他不一定会笑

一句
至于吗
就可以为所欲为了吗
太多人惯于滥用
用有啥不可以来做掩护
让自己不足的道德
尽情胡乱瞎搞
用这句
至于吗
大摇大摆地不要脸

经不起诱惑又贪婪的人
是魔鬼的手下
他们常用
无可奈何
来为自己脱罪
有一次
就会有第二次
而你的同情
就变成他的业绩
让他更有信心地
拿无可奈何
当武器行走江湖
少说话
免得泄露了
你的
不足

人生的旅途上
行李负担越多
走起来就越不会轻松
回头看看你的房子里
有多少你买的东西
那些很少用
也可能不会再用的垃圾
都是你的负担
你得花时间及空间来放置
那些食之无味弃之可惜的东西
累吗
原来这些没用的东西
才是你的老板
它们已经成功地把你变成它们的奴隶

当你跟越多人交恶之后
你会发现
你的世界能见到太阳的地方
也就越小了

孰是孰非
不与为伍
一支檀香
一把古琴
流水微风
盘坐方舟
静它
净它

每一个出现
都是早就有安排
若不相欠
不会相见

没文化真可怕
文化是什么
文化
是根植于内心的修养
是无须提醒的自觉
是以约束为前提的自由
是为别人着想的善良

信任
两个字
是
这辈子最难赚到的东西

依赖是会上瘾的
自由是会寂寞的

害羞
被说成爱装
耿直
被说成难搞
那些说嘴的人
善于无视自己智慧不足地推卸责任
也见不得别人好地嫉妒着又不承认

人都挑软柿子吃
人是不会欣赏你的心软的

生活脚步放慢一点
你的灵魂才跟得上

一般人
只在乎
我飞得高不高
只有爱我的人
才会在乎
我飞得累不累

听人说话时
要是加入太多自己无知的味精
就不会听到太多没必要的味道
心态
能调制出同一句话的不同意思

做不到的事
没有资格批评
没调查过的事
没有发言权

如果你路过而被楼上的人不小心泼了一身水
你可能会对他大喊大骂
但如果赶路而天空忽然下起大雨把你淋湿
你也就是快跑走开
所以
遇到事情的轻重结果
都取决于自己对事情的心态方向的选择
水都会干
事情都会过

人的眼睛长在前面
往往都只看到别人
只会检视别人
看不到自己
骂人时
先照照镜子

越是讨厌的人或事物
就越会让你遇上
它会一直缠绕着你
不管过了多久
换个题目
换个人物
又会再出现
这是你的功课
只有勇敢地面对
并解决
这人生课题才会停止
躲避无用
绕道无效
不过关
还会再来一次

对于看顺眼的人
连出个丑
你都觉得可爱
对于看不顺眼的人
就算他救了一个人
你都会觉得他一定有什么企图
世界
就是这样乱的

有时候起争执
不管孰是孰非
对错只有他俩心里有数
那些看戏的
挑拨离间的
才是最万恶不赦的
而盲从的
更是
蠢的

平淡安稳没人问

辛辣尖酸满客屋

满城寂寞人挤人

坐顶山云看好戏

心有多宽大
笑就有多灿烂

盛食物的盘子
为何大部分都是圆的
我想
这是有分享快乐的意思
盘子面对你的下沿位置
看起来是不是就像个笑容的嘴型
冥冥中在告诉你
记得有的吃
不管吃什么
都要知足
都要嘴角上扬地感激

想当领导
先学会跟随

道德
常常能弥补智慧的缺陷
然而
智慧
却永远填补不了道德的空缺

没有谁对不起谁
只有自己对不起自己
因为凡事都是你自己选择的

溪的美 鱼知道

那流泪倾诉的依赖 难分离

风的柔 山知道

那留在千年的故事 难忘记

想到梦里都会笑

期待看见你的好

感谢天都知道我心里的想法

看似漫长的等待

却是永恒的未来

你的出现将是我

幸福开始的骄傲

让我们在一起

当我伸出手 我就想 拥抱

让我们不分离

秋去冬梅开雪地

春后夏夜望月星

爱

延

续

所有的美丽
因为无法跟你分享
而显得有些苍白

你不必当每个人的最好的朋友
因为那是上帝派给狗的任务

每天
一定要这样告诉自己
这地球因为有你
而变得更加美好

老说
我以为
那是惯性原谅自己懒的借口

别小看自己
你真的是第一名的
不然
你不会来到这世上

旅行
最美的是沿途
不是只有目的地
所有感受
都是决定美丽图画的色彩颜料

人与人
大部分或多或少建立在名跟利上
难怪没人会跟流浪汉做朋友

春草芬芳无尽头
萧瑟竟然去无踪
当年风流不忘在
满园尽是桃花开

某人得一紫砂壶
如获至宝
每夜都放床头
睡觉时不慎手一挥
将紫砂壶盖打翻到地上
惊醒后甚恼
壶盖没了
心想那还留壶身干什么
于是
抓起壶往窗外扔去
天亮时
发现壶盖掉在鞋上无损
一时生气
就一脚把壶盖踩成碎片

出门时
见到昨晚扔出窗外的
茶壶
完好地挂在树枝上
有时候
事情发生
可以等一等再做决定
或许
很多事
不见得就是你想的那样
别老爱扮演上帝
好像你什么都懂似的
问题是
你不是上帝

偶尔
一杯咖啡
没事发个呆
沉醉在过去的意气风发
开心自己的努力有被肯定过
一点点的虚荣
是应该的

初级快乐
是肉体的快乐
是饱暖物欲
中级快乐
是精神的快乐
是
诗词歌赋
琴棋书画
游走天下
高级快乐
是灵魂的快乐
是
付出
奉献
让周围的人因为你的存在而有了
笑容

即使功能再强大
智慧再超群的手机
都必须充电
才能继续使用
所以
你
该休息就要休息

你需要我的贡献
就必须满足我的需求
我相信
每个孩子都是乖的
讲道理
讲信用
都会听话

爱情不是最初的甜蜜
而是繁华过后的不离不弃

你想学
但从不问
不会有学问
你会问
但不学
也不会有学问
有学问
都不做
也是没学问

因为放不下美好
所以才有了遗憾

总在失去后
才遇见后悔
总在人不在时
才认识想念

你是谁
不重要
重要的是
你和谁在一起
积极的人像太阳
照到哪
哪就亮
消极的人像月亮
初一十五不一样
远离消极的人
跟着蜜蜂
会找到花蜜
跟着苍蝇
会找到脏臭
跟着千万
会赚百万
跟着乞丐
会要饭

老是给糖吃
久了
就不稀奇了
搞不好人家还嫌太甜
从不给糖吃
偶尔给一次
这人马上就会变成你的恩人
有些人
不熟
还会尊重
一旦熟了
可能就变廉价

厉害的人
能一眼就看出对方假
更厉害的人
能看出假
还会让他继续演下去
让他怎么死的都不知道
人家不说
并不表示他不知道
用时间看人
而不是用眼睛看人
不要欺骗对方
他们都是愿意相信你的人

对不起
三个字
等于
我要你
说不出来
就等于
你
只要你自己

当你需要人懂的时候
你才会理解一首歌词的深层意思
要不然
你只是在听一首歌而已
渐渐地
把生活中不需要的东西
删减掉了
不想有太多不属于我的行李
行李越多
越走不动
不想看的
不看
不想听的
不听
不想做的
不做
不想说的
不说
把剩下的时间
留给我爱的及爱我的人

一弹戏牡丹
一挥万重山
一横长城长
一竖字铿锵
一画蝶成双
一撇鹊桥上
一勾游江南
一点茉莉香
洒下床前明月光
上下千年一梦长
古今如一龙凤凰
黑眼黑发真善良
宫商角徵羽

琴棋书画唱

孔雀东南飞

织女会牛郎

深爱这土地

丝路到敦煌

先人是炎黄

子孙血一样

读懂了千年金钩银画样

习惯了故乡白米面或汤

一杯清茶道汉唐

妙笔丹青

画平安

把下弯的嘴角往上掰

只需要一秒钟

这小小的力道

却可以让你拥有一个美丽的世界

一厢情愿地认为
想要攀附上对方的关系
但对方心里不见得这么认为
当被拒绝时
只能心里笑笑地说
嗯
没有关系
没关系

如果
被骗
是宿命
而你又没被伤及要害
那就当作布施
要不然
你会被悲伤绑架

事情
冷处理最好
急冻它
更容易看出形状
也更容易
对症下药

人
一双眼睛是平行的
但却总是不能平等看待每个人
耳朵左右各一个
却总是只听一面之词
嘴巴只有一个
却常说两面话

恐惧
永远在还没有来的地方
为什么你总要去想
是在召唤它赶快来吗
你的世界
不一定是你现在看到的样子
你的眼睛是你的摄影师
你的脑是你的编剧
你是你自己的导演
你可以自己创造出你喜欢的画面
不一定是你现在看到的样子

摘上一朵花
插在我的发
孟姜哽咽望啊望
城墙边泪雨下
一心想着他
一去
水流
影都没有啊
送昭君千里
随风出塞去
明月照亮了山脊
远方吹来的风
竟然愁更愁
鸿雁寒蝉故事中

越过狼烟战火
留名万世千秋
边关城楼如巨龙
为国为家不休
一身正气雄纠
不是好汉不上坡
长城万里长
我那朝思暮想的故乡
就像妈妈一样的臂弯
紧紧抱着儿女手不放
长城万里长
我很骄傲站在这地方
处处幸福花开牧牛羊
这里是我的故乡

任何
你现在所挥霍掉的
都是跟未来借的
而且
都要还的

词越简单
字数越少
越难写
空间有限
必须
浅显易懂
多层情感四通八达
字字斟酌
看似简单
其实不简单
好比
海鲜新鲜
清蒸就很好吃
只有
不鲜的
才需要那么多作料来美化
欲盖弥彰

人生就像一本书
每天都在读
用心读的人
是读自己
用眼读的人
是读别人
认真读每个字的人
能找到隐藏的真故事
翻得太快的人
就会错过更多精彩

有事做
忙和累是幸福
证明你是有用的人

去习惯
你不习惯的事
去喜欢
你不喜欢的事
这样
你心里的世界
就会比别人住的面积
大
很多
很多

忍耐
是一时的包容
释怀
才是永恒的自在

如果
相见不会太晚
我们就不会悲伤
和你堂堂地手牵手
心里不会有愧
如果
相见不会太晚
我们就不会遗憾
快快乐乐地不会纠缠
过得
好简单

拾笔
草起
抹去
云亦
枯枝残余露
有些人
来了
又走
生命的旅程
就像在坐火车
中途
有人上车
有人下车
一路风景
还是美的
都是
美的

风无声 云无痕 花无梗 叶无纹
一去流水回不成
不完整又如何
一盏灯 一个人 别再问 能不能
就算不甘又如何
有些事别沉沦
风无声 云无痕 水波纹 月影沉
忽隐忽现 美得很
花无缺
心无恨
月有圆 也有缺
情不够深 怎伤人
来来往往不就这样天真
爱过 不会白疼
当我轻轻转身
细数身上的伤痕
每一道
都是福分
也许苦难熬
也许忘不了
眼泪中 要带着微笑
啊 满天星辰
挥别风尘不过问
学会了
与世无争
淡淡一轮明月
放下心中想念
让往事
随风飞

不怕黄金刀
有情天亦老
流血只一笑
有你
真好
不怕青霜剑
斩断无情缘
划空破云烟 寄语明月
看大江东去
好一夜的无声雨
洗不净往事伤痕
问酒
怎忘记
问江湖红尘
能有几多颜如玉
宁愿
孤单
也不要
无趣

你是彼岸花
红得太无瑕
带你走天涯
跟我好不好
情像一把刀
伤人知多少
要
还是
不要
沧海一声笑
彼岸花
红得太无瑕
带你走天涯
跟我好不好

停靠多年 不想眠

总在夜里 画成仙

周旋星月 弄缠绵

谁知爱静 只为闲

当你
放下一个自以为是的执着
原谅一个惹你生气的人
成全一个不如你意的事情
就会得到一个智慧

眼睛有时候会扮演骗子
耳朵有时候会扮演小人
嘴巴有时候会扮演杀手
你的心是红的
还是黑的

撩起我蝉翼面纱 轻飞舞
别忘了沉醉
相思
像
翩翩
黑蝴蝶
轻吻着玫瑰
迷惑在浪漫的午夜
爱你的媚
长发迎风
随意婆娑
拾起
细纱
半遮脸
嗯

可不可以
吻我在你怀里
可不可以
在薄纱里
吻你
对于
你的满怀心机和虚情假意
我决定继续跟你玩下去
要不然
你的演技
没人看到
没受肯定
那就得不到
最佳人性悲哀奖了

蠢

有时候是聪明

聪明

有时候也是蠢

赤脚走在有食人鱼的浅水域

千万不要让自己有伤口或流血

因为

那腥味会引来食人鱼攻击

所以

不要随便给人看你的伤口

一位父亲

能为孩子做的最好事情

就是让他知道

要好好爱他妈妈

不求你的美丽
不求你的怜惜
只求
赤裸的心 不染忧郁
所有的苦
我来饮
所有的罪 我来尽
赦免我的情欲
宽容我的私心
只求
我的真心
不被蒙蔽
爱个人 要付出
我愿
讨你
欢心
偶尔冷
偶尔冰
也要继续

我的血
永远温热
奉献予你
谁叫我
今生
跟你
不求你的美丽
不求你的怜惜
只求
和你能朝朝夕夕
一个人的人缘
有十分
如果
你用掉七分去讨厌人
那你
就只剩下三分能得到别人喜欢
讨厌用得越多
喜欢你的
就越少

不 懂 装 懂

不 叫 聪 明

懂 装 不 懂

不 叫 智 慧

守着一个不好的过去
就好比手一直紧握 不愿张开
那你要用什么来迎接下一个希望与美好呢
忘情歌
是拿来哭的
没有泪水
只有不舍
冷冷看你背着我的那一刻
我发现
你变了
变成了空壳
心在割
伤得好深刻
你飘动的发
把脸都遮着
我想我们
没有能力再愈合
你已经
不是我的
爱难测
美丽是借来的

温柔背后
不一定拥有
我不会对你有埋怨和苛责
你已经不是我的
从来没有想过黄昏是这样的颜色
曾经
我们是那么的快乐
眼泪串成了河
它将要带走伤心客
一路细雨纷飞
我的心
都
乱了
今夜
风太萧瑟
唱一首伤心的歌
纪念我们过去的爱
停止了

信任
就像一张纸
皱了
很难再平整
而
我愿意
再把纸摊平
用我的善良
以及
给你的情感
再磨平一次
但
仅限一次
最后一次
别再玩弄我的善良
你不会想看到它的变身

你的脾气好与坏
决定你的命运好与坏

春天的花开满你的家园 又过一年
辗转的思念好比当初不减
想问你在哪边
我望着更换过的窗帘 没有笑脸
痴痴的双眼
不敢碰的心弦
到底 怎么过的这几年
我笨得还想挽回 已经断了的线
总觉得 会有一天
我不怕等待时间
只要伤口复原
我自责我错过的情缘
能不能再见你一面
把这几年的委屈都告诉你
我不快乐 也不笑了
除了你 没别的选择
能不能再见你一面
我做了很多让你骄傲的贡献
希望你看见 希望你听见
我的努力不变
我又去了

你们家外面
想起从前
开满了杜鹃
白的纯
红的艳
越看难过 越难掩
我想到我们去花市的那一天
你说
永远
花开的那一天
你会嫁到我身边
我
仍守着这个诺言
希望你看见
希望你听见
我们种的杜鹃

如果你勇于对过去说拜拜

生命就会回赠你一个全新的哈啰

为何出家人要常说

阿弥陀佛

他总不能

当有些事不知道或不想回答时

就用

“呵呵”两字回答带过吧

这不就太不礼貌了嘛

阿弥陀佛 呵呵

人

是对味好

财

是对位好

食

是对胃好

听得进去对方的话
才叫 沟通
要是一味地只说自己的意见
而不愿静下心听对方说
那叫 吵架

人
搞脏容易
弄干净难
骂人容易
夸人难
拿容易
给难
恨容易
爱难

成熟的人
永远懂得给对方留空间
给对方空间
不是不爱对方
而是
很爱对方

先做该做的
再做想做的
先做
再说
光说
不做
什么都不是

美食有气氛

美酒有气氛

音乐有气氛

灯光有气氛

环境有气氛

这些

都比不上

有个你爱的人

来得有气氛

我可是你

手中那一朵鲜花

我是不是

你心里头那一点红

我可是你

手中那一朵鲜花

你会不会

好好地

疼着我

多做多错

不如不做就不会有错

这样也就不会被骂

很多人都抱着这心态在面对工作

如果你真这么想

那你离成功的路就越来越远了

没错了 哪会有对呢

智慧

都在错了之后

学到的

被骂

是种恩惠

谁喜欢没事招人讨厌地骂人

恨铁不成钢

苦口婆心

良药苦口

以后你会懂得

曾经错时指责过你的人

其实是恩人

又是夕阳近黄昏
晚风吹无痕
蒙蒙细雨伴孤灯
有人在等
没人问
回首往事一层层
难免有悔恨
是悲是喜一扇门
一线之分
什么才是真
见不到你的人
得不到你来疼
再爱你
会不会太笨
若说俩人的事
都必须尽本分
为什么
你都不承认
爱得愈多
伤得愈深
痴情的人
终究是苦闷
落花随风
飘落叶
不归根
爱得愈多
伤得愈深
痴情的人终究是苦闷
落花随风飘
找不到
心上人

想过不一样的生活
就会受不一样的挫折
一向公平

学会释怀
从容地忽略
胜过愤怒地反击
情绪
是让这世界更美的
也是让这世界更丑的东西

地球是圆的
要是你不想下次遇见时很尴尬
现在就别把一时的冲动演出来

傻子一个
别戏弄
我会当真

有时候

你必须放手

才能明白

它是否真的

值得你卖命付出

当真这样就好

纵然忘不了

曾是风花雪月

现在都知道

爱了也好

恨了也好

乱了也好

散了也好

只想问

我对你好不好

来了也好

走了也好

疯了也好

痴了也好

其实你给的一点也不少

我们都太骄傲

太在乎谁重要
比较那付出
只有加添了煎熬
我往哪里找
像你这么好
爱要慢慢嚼
慢慢嚼
慢慢嚼
当真就好
我往哪里找
像你这么好
和你哭又笑
哭又笑就好
我往哪里找
像你这么好
我愿
陪你耗到老
耗到老
当真就好
每天
周围都有风风雨雨
是是非非
一种米养百种人
总有千奇百怪的生存方式
不是你的风
也不是你的雨
乐此不疲地
当个
井底之蛙就好

宛如浮萍随波逐流
努力扎根却触不着底
被动地随着河水前进
也曾想过停下来看看风景
最后还是顺从白云
说批评
很容易
但批评是否正确合理呢
有时候我们道听途说
听信别人的言语而开始谩骂批评
但却未曾求证真实性
这时我们已经成了别人的打手
成了别人的传声筒
别人的奴才
当了没用的卒

一位斗牛士
在一个斗牛场
突然感到不适
倒地
所有人从欢呼变惊呼
远站观看
没人上前
第一位过来他身边的
是那只被他刺了好几剑的牛
它默默地
看着他
闻闻他
久久不离去
不时回头看看围观人群
到底
谁更善良呢

很多事情没有好与坏
只有
自己喜欢与不喜欢
而已

人
就是因为有血有肉才叫人
感情中遇到不甘心
都愿意彼此平心静气把事说开
而不是到处说人不是
毁灭对方
是有多大的仇恨啊
有这种行为
有这种余力
说自己有多受伤害
我都不信

来时
啥也没带
本来就没有
何谓失去
不甘心
是贪不贪心的问题

当个好人
但不要当个
滥好人
滥好人
反过来是
人好烂

江湖笑
恩怨了
人过招
笑藏刀
红尘笑
笑寂寥
心太高
到不了
明月照
路迢迢
人会老
心不老
爱不到
放不掉
忘不了

你的好
看似 花非花 雾非雾
滔滔江水留不住
一身豪情壮志 铁傲骨
原来 英雄是孤独
江湖笑
爱逍遥
琴或萧
酒来倒
仰天笑
全忘了
潇洒如风
轻飘飘

越有本事的男人

越没脾气

越爱发脾气的男人

基本上

是还没断奶的婴儿

饿了就会哭闹

天空飘的羽毛好苍白
散落一地的残骸
天使无力地哭出来
流星真快
坠入大海
你的手轻轻
轻轻放开
这一刻
我知道
你不会
再回来
看着

你那双犯了罪的眼
试着用长发遮掩
原来
你也会为了自私而变
吐着魔鬼火焰
连我的心都骗
亏我们缠绵
浪费了爱神的箭
断掉的翅膀
没人复原
我伤心地
痴望蓝天

烦恼
就像青春痘
越理它
越发狠
挤了又疼
又会留疤痕
最好的方式就是不理会
让它自生自灭

每个在世上跟你相遇的生命
都是上天已经安排好的缘分
不管好坏
都要真心对待
可能有些缘分后来让你受伤了
这也是上天要给你成长的课题
要不然你现在不会安然活着
必须感激拥有
如果最终缘分能走得很长远而幸福
恭喜自己
给自己拍拍手
你拥有努力的成果
又拥有了智慧
去经营的缘分很成功
功德圆满

有时候你看到的世界

不见得就是真的世界

问问盲人去

他的世界绝对跟你不一样

当你在同情他的同时

搞不好他也在笑你也好不到哪里去

你心里要是

够平和

够安静

够安逸

啥烦事

都放下

你会闻到不知哪里来的玫瑰香味

沉鱼落雁
闭月羞花
美得无处藏
人在身旁
如沐春光
宁死也无憾
国色天香
任由纠缠
哪怕人生短
你情我愿
你来我往
何等有幸配成双

待我拱手河山讨你欢
万众齐声高歌千古传
你看远山含笑水流长
生生世世
海枯石烂
啊 今朝有你今朝醉呀
爱不释手
你的美呀
莫等闲
白了发
才后悔
啊 今朝有你今朝醉呀
爱不释手
你的美呀
让我抱得美人归

站远远
看着
你才看清楚
很多小丑
正在头破血流地争买进地狱的门票
如果你也想去
就去跟他一样地争吧

满瓶水
摇晃没有声
半瓶水
摇起来咣咣响
真正有本事的人
都是谦虚低调的
一天到晚秀招牌的
是怕被看到没本事的

到达高峰
不容易
但
站稳高峰
更加不容易

有了信仰
就会自在
因为
你会懂
什么是羞耻心
什么是善恶因果
什么是知足感恩
什么是付出的快乐

加了翅膀的猫
还是猫头鹰吗
加了翅膀的老鼠
才是蝙蝠吗
加了翅膀的人
是天使吗

沧海啊茫茫
江湖是我家
萧瑟的风
吹乱了发
越走越孤单
越爱越心酸
早已无觉人情冷暖
恨苍天
让我们相遇
却不能天天在一起
我问世间
情是什么东西
为何相爱不能生死相许
黄沙滚滚
吹啊吹
掩不住眼睛的泪
啊

我不是为了你哭
不用你担心
你走你的路
我受我的苦
我擦干眼泪
勇敢往前行
我问
世间人哪
怎那么无情
我不是想要喝醉
只是好后悔
一去我不再归
头也不想回
今生无缘
来世
再会

山外有山
人外有人
再厉害
你还是
只是
宇宙上的一粒沙
而已

人很奇怪
年少时急于成长
长成后又哀叹失去童年
以健康换取金钱
不久又用金钱恢复健康
对未来焦虑不已
却又无视现在的幸福
既不活在当下
也不活在未来
活着仿佛从来不会死亡
临死前又仿佛从未活过

在善上聪明
在恶上傻
知道怎么帮人
不知道怎么使坏

生活就是修行
只要
够慈悲
够智慧
所有的修行
都会是轻如云

我相信
我还没有资格拥有
所以没有
天自有安排
由不得你讨价还价

听见了风沙滚滚驼铃
有孤独 有从容
轻飞天 妙手罗纱腾空
宛如凤 在苍穹
看见了高远耸立古画
有寂寞 有动容
倒挂天翻舞弹奏琵琶
宛如龙 在苍穹
一禅指柔弯轻握莲花 滴甘露 缘无求
古琴声潺潺流水云游
想回眸 又觉羞
贪了点爱 贪了有
在乎存在 不存在
无我 就自在
心灵无尘埃

无处想念会斑驳

天地幽幽一叶舟

今夜月如钩

天为我保留

来自遥远就为来看你

不言不语

心灵自相通

风起雨后

你美丽依旧

是放流

是看透

是成佛

我经过丝绸漫漫长路

我翻越寂静无比沙丘

沙漠一片空

来去两袖风

你的笑

飞在

天空中

人生本来就是一出戏
恩恩怨怨又何必太在意
名和利 什么东西
生不带来
死不带去
世事难料 人间的悲喜
今生无缘 来生再聚
爱与恨 什么玩意儿
船到桥头
自然行
且挥挥袖
莫回头
饮酒作乐是时候
那千金虽好
快乐难找
我潇洒走过条条大道
我得意地笑
又
得意地笑
笑看红尘
人不老

把酒当歌
趁今朝
我得意地笑
又
得意地笑
求得一生
乐逍遥
低头闻过多少路边花草
抬头看过多少白云蓝天
眼前景象
跟
陪在你身边的人
还留下
谁
是有些灰灰的感受
但
夜深人静很安稳
还是
有一丝丝笑容告诉自己
我
还是幸福的

上天会眷顾特别的人
因为他们能看见
并懂得欣赏
微不足道的美

如果
你是草
你的根只在地表面舒服
如果
你是树
你的根会往深处扎实

错了就认错的人
是准备长智慧的人

会说
随便
的人
其实都不随便
只是懒得回答而已
其实
心里
都有文字

观心莲
静心坐
悟到啥
就是啥
老较真
闲抱怨
坐在哪
苦到哪

约束自己
不侵犯别人的自由
才是真自由
才能拥有
自由

那些
曾经伤害你的人
其实是你的恩人
要不然
你现在不会
舒舒服服地
坐在沙发上
享受着咖啡

风来了
雨来了
他们为什么都知道
我听不到
我听不到
你说话声音太渺小
风停了
雨停了
谁在我的梦里哭了
我不明了
我不明了
天上的人 都在笑
不想问你
是否记得我是谁
手指头冰雪融化成眼泪
天只给了我们半甜雨水
怎么喝
都学不会

风来了
雨来了
他们为什么都知道
我听不到
我听不到
你说话声音太渺小
你说话声音
太渺小

虽然

你已看过我想给你惊喜的把戏有几十年了

但是每次你还会真的很惊喜地笑得好灿烂

不忽略不敷衍地感谢

那是多美好的感觉啊

真的

喜欢看你这样的笑容

只给我的笑容

我真有福气

花

有情才香

爱过了

会再想

鱼

嗜水之欢

不清楚

谁能够

原谅

幸福也受伤

快乐也叫人盲

丧尽了天良

满足了欲望

玫瑰香

夜未央

心里想的人

不一样

花

有情才香

开过

一样芬芳

贪婪的余欢

醒来的人

不知

去向

困难有多大

奖赏就有多大

你是被挑选的

你很幸运

真坏人不可怕
假好人才可怕

千年等待
只为一夜来
纵然
担忧花谢折磨在
依然
任性
静静
等待盛开
我还在
在千年外
没事
无悔
有你
仍在
只想说
想你了
所以来

坏情绪

就像个胡闹的小孩

越去注意它

它闹得越凶

就

演给你看

最好方式

就是

不理会

当没事

爱闹

闹你的呗

没观众

我看你还演啥

情绪

会自己找台阶下来的

不需要你搀扶

当没发生过

就好

就像个乡巴佬进城
没有见过太多世面
不习惯城市的生存速度
不习惯人与人之间的各种交易
不习惯变质的山水花鸟
遍体鳞伤
水土不服
深夜
洗涤不该留在身上的脏东西
擦掉没必要的眼泪
告诉自己
你要学会
你只是不习惯而已
释怀
是成长的基本
学会放下
是智慧的开始
只要
爱与善良
没迷路就好
记住
根在哪
本在哪
其他
都是浮云
我依然是那个
乡下来的天真孩子

老
这个字
土而不带刀
老服老
面相慈爱
若老字
土带口刀
老不像老
则面相狰狞
老
不断习而喜悦
得尊得智
老
卖旧皮不习
不智得孤

收起傲慢
会更和平
凡事感谢
会更美好
懂得放下
会更自在

太多不合逻辑的事
多的是
静心修
不影响旁人
用笑容
温暖冬天的冷
人生路上
你会遇到很多
教育者
与
被教育者
你会有足够的智慧判断选择

但
小心诱惑
贪一时痛快
就得付出代价
走偏了
就迷路了
走对了
柳暗花明
学校没教的
只有自己在这社会大学里好好学习研读
你
还没有毕业
等你躺在棺材时
也只是告一段落
还有来生

英雄
不怕出身太淡薄
有志气高哪天也骄傲
就为一个缘字
情难了
一生一世想捕
捕不牢
相爱深深天都看不到
恩怨世世代代心头烧
有爱有心不能活到老
叫我怎能
忘记
你的好
让我悲也好
让我悔也好
恨苍天你都不明了
让我苦也好
让我累也好
让我天天看到她的笑
让我醉也好
让我睡也好
把愁情烦事都忘了
让我对也好
让我错也好
随风飘飘
天地
任逍遥

害怕失败

害怕被拒绝

所以放弃一切可能的可能

宁可傲气自生

也不轻言低头柔软

憋着

然后

愤世嫉俗

久而久之

就习惯变成一个冷酷无情的躯壳

自己的天空也变得越来越窄

无法尽情地飞翔

离太阳也越来越远

得不到温暖

心中那朵

幸福小花

一天天地

枯萎了

很多时候
我们都只记住
不公平
不真实
而忽略
这世界
其实还有真善美
我们可以选择桌上的菜盘里
去夹某个角落的那一块吃进嘴里
一样
看事情
也可以选择自己想要看的那一端
或许智慧
就是这样
因人而异地成长的
干不干净
你自己可以选择
你的眼睛是你生命的摄影师
你的大脑是你生命的编剧

你的心
决定
你的人生长相
美丑

大人做大事
小人做小事
小事别在意
大事就容易

你有多少财富 可以 炫耀
你有多少权力 可以 胡来
你有多少美貌 可以 利用
你有多少健康 可以 挥霍
你有多少年轻 可以 嚣张
你有多少 啥
最后
你会懂得
我只要有你可以抱就好

男孩因为分手
伤心
哭了
我问
你干吗这么难过
男孩说
她离开我了
我问
你还爱她吗
他
猛点头
我又问
那她还爱你吗
男想了想
又哭了
我笑着说
那该哭的人是她
不是你
你只不过是失去了一个不爱你的人
而她失去的是一个深爱她的人

笑天下
恩恩怨怨何时才休罢
黄昏近晚霞
独行无牵挂
太潇洒
不问世间仇恨淡如茶
江湖一句话
行得正 邪不怕
伊人风度翩翩处处留香
月光山中幽幽亮
晚风吹愁如海浪
来啊来啊
苦酒满杯
谁都不要过来挡
狂饮高歌
爽快唱
你又何苦强忍思念不理她
孤舟海中晃
活得四不像
还是那么想着她
你又何苦一定要她 不想放

缘分撑不长 想爱偏不让
何必
勉强
海蓝蓝
明朝依旧是个男子汉
江湖一句话 情爱放一旁
花太香
花下风流花死
花无常
不带一点伤 走得坦荡荡
浪天涯
伴随枯叶片片风尘沙
难掩真风雅 不为痴情 就爱花
花太香
花下风流花死
花无常
不带一点 伤
只在乎
爱过她

发现
常常供应笑容的人
如果得不到响应
等于充不到电
想分享的笑容
也就会用完
没电
想挤也挤不出来了
笑容
是互相充电的
越真诚 电力越足
为了
给自己一个美丽而有笑容的世界
当别人给你笑容时
不要吝啬
回应一个最真诚的笑容
这样
你的生活
一定会因灿烂笑容而变得更美

到一个陌生的城市
要有几个知心
又有真感情的人在乎你
才会感觉到落地生根了
要不然
就像花瓶里的花
迟早会枯萎

打过去电话
一次没接
就不要再拨第二次了
给人信息
两次没回
就不要再发第三次了
停止你的卑微的等待
如果你重要
对方不会没时间在意

家
在你心里
不管你现在在哪里
各种温暖
各种脆弱时的想念
你会知道
哪里有依靠
你觉得是家
它就是家
谁都可以
让你
有个家
你觉得不是
那就
不是

佛
在你心里
不管你现在在哪里
各种形体
各种脆弱时的祈祷
你会知道
哪里是依靠
你觉得他在
他就在
你觉得没有
他就没有

英雄
美人
情关
难留
是什么时代
什么样的人
才能完成这个梦
我本有心
我本有情
奈何
没有了天
爱恨在泪中间
聚散转眼成烟
秋风落叶愁满楼
儿女情长谁捉弄
这次孤行
没人相送
看来
只有挥挥衣袖
飘啊
飘啊
飘的风
吹的是谁的痛
欠山
欠水
欠你最多
但愿
来世
有始
有终

为什么
他做事比你厉害
因为
他会把别人的事
当自己的事在处理
而你只是把别人的事
当作别人的事在处理
差别就在这儿

人家
给你方便
不能当随便
给你宽容
不要毁容
给你自由
不要过头
不要
得寸进尺
要懂分寸
但凡
超过者
必有
你不想看到的

有时候

老天没让你实现你所想要的

而你也没气馁

并释怀地继续开心过日子

他会在你这项测试里

打个勾

表示

你真的过关

你可以有继续往下一个目标前进的机会

继续开心

继续活着

这

其实也是一个礼物

道不尽红尘奢恋
诉不完人间恩怨
世世代代都是缘
流着相同的血
喝着相同的水
这条路
漫漫又长远
红花当然配绿叶
这一辈子谁来陪
渺渺茫茫
来又回
往日情景再浮现
藕虽断了
丝还连
轻叹世间事多变迁
爱江山
更爱美人
哪个英雄好汉
宁愿孤单
好儿郎
浑身是胆
壮志豪情
四海远名扬
人生短短几个秋
不醉
不罢休
东边我的美人
西边黄河流
来啊来个酒啊
不醉
不罢休
愁情烦事
别放
心头

丢掉苟延残喘的
回到最原始的简
那些不舍的是枷锁
那些不甘的是病态
那些欲望的是魔
我
本来就是
一朵在山谷里的小花
在生命里
应该
只是
分享我的纯净与花香
其他
不强求
那年的夏天
是一种
好快乐的认识
很简单的拥有
却快乐到现在
忘不却

想
也回不去从前
那个废弃的铁工厂
那些让我忘不掉的野花香味
那个
一个人安静无忧的角落
在地图上消失了
你去了别的地方了吧
而我
也变成一个
你不认识的大人了
然而
那个每天去找你的小孩
还在
心中是花
看啥都是花
心中是恶
看啥都是恶

岁月飞快
爱无散尽
反增盈
唯一的担心是
来不及
给予

温度是互暖的
感情是互动的
被动的人是自傲的
冷漠的人是自卑的
负能量是自找的
快乐是自造的
运气好坏
看你如何对待周遭
心的颜色
决定你脸的风水

能让人快乐的

皆菩萨

让人不快乐的

皆妖孽

花
喜欢
欣赏就好
不要摘走
摘走的
都是自私的

医生要救你
需要你积极配合及努力
要不然
就算找个仙人来
给你仙丹
也没啥用
朋友可以让你倒垃圾
但无法一直接你的垃圾
如果你自己不清理垃圾
给你一个垃圾回收场
都会因为你倒闭关门的

心门
没打开
你住的房子再怎么大
都会觉得小

你说别人长得好丑
基本上
你看到的
就是你自己

对你身边
为你付出的人
都无视
吃斋念佛
在外做善事再多
都是假的
都是做给别人看的

我的笑声很有魔力

我的笑容很灿烂

我的笑点来自自然

我的笑脸只接受天真

只有同款人会感染

没想演和尚

你也不用指望我对每个人都和善

我的可爱和气

只给善良的人

我的凶猛杀气

会给邪恶的人

所以

别糟蹋或测试我的笑容

你不见得笑得起

皇帝从不做太监的事

越怕的
就越会出现
因为你老想
老叫它
好像你很想它来
他就被你
叫来了

时间
不会同情你心情不好
很多事
耸耸肩
装装傻
强迫嘴角上扬
去做喜欢的事
也就过了

你说你的苦
我说我的伤
两条平行线不交汇
如果不再弯曲自己去交汇
可能就各奔前程了
而对方会懂你为他的牺牲吗
缘分到底是谁拉住的
如果放了
会有人怪你没把握住吗
这种把握太委屈
谁会要一个遍体鳞伤的弱者
这心软是善良吗

跟一个人在一起
总小心翼翼
小心翼翼他会不高兴
小心翼翼觉得自己不够好
小心翼翼一堆有的没有的
你在坐牢吗
跟对的人
会让自己更自由
跟错的人
才会让自己总小心翼翼

谢谢你自私得这么自在
我才知道原来我的修养这么好

人与人的感情
刻意的
都会走味
很难持久
只有由心里自然发酵的
才会越久越香醇
人生无常
珍惜当下
该说的
一定要及时说
因为明天不见得有机会说

多一点感谢
少一点抱怨

被爱是幸福的
被懂更是幸福的

阴雨天
真的是让床都不费吹灰之力
就可以把我打趴在床上昏过去的
赢了

很多事一旦打开了无所谓的随便
就会开始有所谓的严重

重不重要
在不在乎
要不要
百年之后一切随风
如沙飞过

老用自己的习惯做标准去看这世界
就会被习惯囚禁
你的世界就会越来越小

一个人可不可爱
看他回复讯息的速度
越实时
越懂得尊重人
越是可爱
而那些把你放很久都不回的
基本上
是没把你当一回事的人
不可爱

不要以为
是你长得好
其实
是别人愿意看你
如果你的眼睛还是一直长在头顶上
那你脚踩到钉子的机会
会比别人
更容易

人生
过了这一村
下一站未必是大城市
有可能是荒郊野岭
不感谢
会没人要理
一个人走
还是比较辛苦的

信守承诺
代表一个人的价值

有好老板
在上面看着
他的眼睛很犀利
赏罚很有智慧

多多反向思考
答案有时是不理所当然的

不知足的结果
只会被停止供应美好

以前
前人种树
后人乘凉
饮水思源
懂得感恩
现在
前人种树
后人砍树
说是创新
其实无能

心情不好
脸可以臭
但心要暖
别吝啬
给乐
学榴莲
臭
但
谁都能享受到它的
甜
好人
当然比较容易受伤害
被讨厌
被欺负
因为魔鬼会想尽办法
来破坏你
看你能撑多久

人不是只有外表
外表优势不是一个人的价值
不要用这项优越来看轻长得比你差的人
那只会让人觉得你便宜没价值
越看越不好看
不耐看
相由心生
心善的人
无关长相都会招人喜欢
而且
越看越耐看

这茶
亲和有礼
友善满爱
给人舒服的感觉
一口下肚
眼前居然青山绿水
然后缓缓闭上双眼
飘来一股淡淡幽香
久久忘不却
茶里
有一股小时候在山上
曾闻到的莫名又高尚的香气
勾起了

我小时候在深山里无忧无虑玩耍的快乐岁月

好茶真的有魔力啊

仿佛感受到当年的阳光空气和水

今晚又天南地北地云游四海

领悟到

一般受人敬重爱戴的人

都有这种气质

都有这种深厚

喝茶

要细微

品忆

这茶

有被需要的感觉

所以喝起来格外舒服

眯眼

笑

没有被需要的茶

喝起来不舒服

无感

人

也是如此

直视魔鬼的眼睛
嘲笑他
你就是无法拥有名叫善良的宝藏

装可爱有用吗
对于有没有你都无所谓的人来说
装成啥都没用
搞不好
他还会觉得恶心

你的笑容
对于
无视你的人来说
只会觉得你有病

老感情
虽然
很老
很旧
但珍贵到
不是什么人
都可以随便拥有
古董爱
很贵

一直相信
是我的
跑不掉
不是我的
我
不要
姜太公钓鱼的个性
有缘自留
无缘不求
失去这么棒的我
我
不会感到可惜
是对方要为他自己感到
可惜吧
不可爱的人
会怀疑靠近的人
一定有什么目的
可爱的人
会认为靠近的人
这是多难得的礼物

不感恩的人
给再多
永远都不会够
而且永远都是别人的问题
他都没错
赶快
远远地
远远地
远远地
远远地
祝福
他的走开
不要以为对方
真笨
那是因为他对你还有爱
愿意凡事都让着你
一旦
你让他心死了
那就不知道谁才是真的笨了
如果
你还认为他们就应该要懂你的任性

应该可以让你肆无忌惮地糟蹋

那你就等着

失去后的难过后悔

又得不到谅解的折磨吧

两人之间

没有什么叫应该

两人在一起

是加上去的

不是被挖掉的

逆境中
唯有平静不绝望
才有机会看到
那躲在黑暗处
为你盛开的小花
当你看到那些不起眼的小花
没有喜悦
没有赞叹
而不屑一顾地
继续眉头深锁地走开
那可就错过
它们能给你像神灯精灵一样
有三个能实现愿望的机会啰
自认为聪明
贪婪不知足的人
是无法拥有的
更闻不到它们稀有的花香的

一个人有一千万

在你有困难时

借你十万

跟

一个人只有十万

在你有困难时

借你十万

或

天灾人祸时

一个人有几百万亿

捐一百万

跟

一个人只有一万

捐了一万

那是全然不同的价值表现

发现

我的音乐

是

纯天然

没喷洒农药的

有机音乐

因为

有虫

该休息
不休息
还在跑来跑去
忙东忙西
你就是跑龙套的
当然当不了主角

谁都不是上帝
没有人是
无所不知
无所不能

人不是忙到没时间回你讯息
也不是习惯回复得比较慢
而是
你没有
他想要的东西
而已

真正会做菜的人
你根本感觉不到他正在做菜
还可以时不时地跟你闲话家常
像没事似的
煮完饭
厨房会跟没人去过一样干净
正如
真正有本事又会做事的人
你总看到他悠哉悠哉地生活着
感觉不到他的忙

不小心踩到大便
会在原地笑的人
是有福气的

你 心 胸 的 宽 广 度

会 决 定 你 快 乐 的 纯 度

两个人在一起
就像挂在身上的两只手
各有各的空间
平日各忙各的
如有需要
另外一个会过来帮忙
遇到大问题
会一起协力完成
天冷会紧紧拥抱着
开心时会兴奋会默契地拍手
哪一个受伤了
另外一个会心疼
会不离不弃地安抚照顾
谁都无法失去谁地依赖着
会一起合十祈祷渡过难关
能协力创美好
你觉得
要是
两只手一整天都握在一起
会舒服吗
如果不会
不要老黏着对方
给他空间
爱才会很久
很久
自然形成的气质
容不下画蛇添足的刻意
怎么演
怎么装
都不会像的

嚣张
注定失败
就算让你不小心成功了
越成功
就会摔得越严重
嚣张的成功
会累积很多人手上拿着石头
等你跌倒

即使拥有一张
注射了一堆针的嫩脸
也美化不了
那双
藏着坏心肠的贼眼的

总想

如何让人脸上有笑容

常想

如何给人制造爱和温暖

总想

如何在坏的里面看到好的东西

常想

如何从悲伤中找到光亮的真正用意

总想

如何体会到伤害我的人的万不得已

常想

如何让靠近我的人拥有美好

诚实

真的会海阔天空

被懒惰绑架了
你当然改变不了现况

因为
我对你很好
所以
你愿意让我爱你
说真的
你能让我爱你
就已经很不错了
还有什么资格计较
没人规定
你爱上人家
人家就一定要爱上你

不是
没人约
也不是搞自闭
是
心有所属
为某人
昂贵自己

一个人能让人安心
是很重要的必修课程

善良会带来福报
福报会带来财富
利用别人的善良获利的人
不但不会有福报
还会遭天谴

事实
是无比的残酷
善意的谎言
或许
是个体贴
虚虚实实的世界
是真也是假
是假也是真

会做饭的人
都是好人
尤其是
喜欢做饭给人家吃
而且做得很美味的人
因为
他们懂得替人着想
知道怎样才会好吃
怎样才会让你吃得开心

仿佛
早晨的白雾
深深吸一口气的清凉舒畅
如笔墨与纸间的缠绵
模模糊糊也自然成美
当
白雾散去的清晰
我想
未必谁都能承受得起破灭
不如如风悠闲
不如闭上双眼沉醉
人生短短几个秋
朦胧也很美
就这样吧
能换位思考
真心地体谅
是人品
得分最高的项目

颜色越娇艳

越是剧毒

对于突如其来的阿谀奉承

一定要小心

那些垃圾是不会让你白吃白喝的

迷恋夜的静

在无垠的天空中放纵

从黑暗里的蛙鸣

到天微亮的鸟叫

从失落

到傻笑

我贪玩地拥有属于自己的世界

没人打扰

虽孤单一人

但我知道我住在很多人的心里

而他们都在等着指责我为什么不睡

糜烂颓废会被骂

失眠当借口能安然脱身

还能得到怜悯

哈

说真的

一整晚也不知道在寻找什么答案

就只是觉得想多留一会儿

再多留一会儿

就这样

沉迷在连自己都分不清楚是喜是忧的感觉中

好了

天亮了

终于有些昏沉

我要被迫躺下了

闭上我那整晚不愿意走的眼睛

去周公那里

等着

被骂

有人骂真好

往往最好的
都是留给耐得住寂寞的人

越慈悲的人
就越容易看到别人
越烦恼的人
越容易只看到自己

看书
一本接一本
又拾回以前的舒畅
是我的焦躁
忽略了你的安稳吗
而你
总不吵不闹在那儿看着我
静静地期待再次让我找到完整的自己
不问不探不想当初了吧
一定是我受伤了
才想要躲在你这里
你知道我
也是
念旧的
再次拾起被遗忘在角落的你
你还是展开双手紧紧抱着我
陪我找到原来的我
陪我找到
其实
平淡
也能很精彩

照顾好自己
不影响别人
就已经是对世界最好的贡献了

对不在乎你的人不残忍一点
就等于对在乎你的人很残忍

你真的很幸运
能让我愿意给你爱
以及让我愿意为你耐心地等待
我嫉妒你
能拥有这样的幸运
我就没有

善意的谎言

还是谎言

有种憨厚单纯的安定幸福感
像艳阳天在水泥地上浇水
地面蒸发水蒸气上升出来的味道
那是小时候在教堂外面院子打扫洗地时的回忆
现在变得好奢侈

睡觉无法逃避现实
因为它还是会醒来的

不顾别人感受的行为意识
是他自己想要的刻意搞乱
其实
想要当个傻子
也蛮容易的
只要自己懂
别人不用懂
就可以了

年轻狂妄地放纵自己
以后你就知道会有多辛苦
甚至需要多卑微地过日子

很羡慕睡觉前会有父母亲念故事听的小孩
长大后就养成自己念故事给自己听的习惯

不快乐
是一种自己无能的表现

珍惜那个连自己都不好过
还时时刻刻
想着你
又关心你的人
想想也绝了
如果
老天没给你困难落魄
还真就看不到
谁
真正给了你关心

住了几十年的家
如果没把书房的桌子转个方向摆
永远都不知道
坐在书桌前
也能看到月亮
也能看到彩虹
人生
有时
适时地转个弯
就能遇见想要的风景
还有
寻找很久的
玫瑰香

我宁愿相信你的无可奈何
好让我一直保有着对你的心疼
不会让我们
写下的甜蜜
变质成了仇恨
我只允许你
只允许你永远在我心里
永远是
我可爱又善良的小天使

不是来追求你的人
就必须被你踩在脚下
那是低级人类的行为
别每天活在别人的嘴里
叫你东
你就东
叫你西
你就西
难怪你会变成别人的肉

想知道答案
偏偏答案就不会来找你
通常答案
都在你放弃答案后出现

在危急的时候
第一个会想到的人
就是最爱的人
这种行为已无须隐藏了

我感谢
你给我痛苦难受
那表示
我还拥有
能有你可以爱的时候

最讨厌剥虾
但我会剥给你吃
也把我最爱吃的螃蟹脚肉剥好给你吃
这是
我要给你的
最基本
最基本的
幸福

我不是你
无法替你承担你的感受
我只能在你想骂人
或孤单的时候
不会离开

不管生活如何困难

每天睡醒

一定要在镜子前

给自己一个微笑

好好看看自己有多好

糖果

通常是发给会笑的小朋友的

不要连这权利都浪费掉

没在怕有多少失望的

因为我有最厉害的武器

叫原谅

而且我有最厉害的后盾

叫感谢

未来的世界一定是留给懂感恩的人的

因为没人会喜欢帮助不懂得感恩的人

这类人会被孤立

会被当垃圾一样地处理

淘汰

那些脾气好的人
都在受气
那些善解人意的人
都在委屈
那些守规矩的人
都在受伤
那些懂事的人
都没人心疼
如果
你心里是感谢
你就会看到希望与喜悦
如果你心里是抱怨
你看到的
也就只剩失望与讨厌
虽说
这是平淡无奇
有些人还会嗤之以鼻地说是老鸡汤
喝不喝
随便
就是想分享老道理
怎样

你不能等到生活不再艰难才决定要快乐

偶尔

安静地

跟自己相处几天

静静地

就像

无风的湖水

清澈见底

才见虾鱼

了了分明

如果
这些谎言与失望
是来消磨我的善良的
我
要是让你得逞了
那我
就不叫真善良
当
一切都沉默了
该害怕的是你
不是我

人活着
没有任何东西是属于你的
只有当下
才是属于你的
是悲伤
还是快乐
关键在于你对事情的在乎或不在乎的选择上

你的活菩萨
有可能就在你身边
但是
被你不珍惜地赶走了

若
真的有爱
就愿意什么都舍得给
就愿意看到你有自己的快乐
就愿意看到你跟别人也有快乐的
就愿意
在他被别人伤害后
跟以前一样
紧紧抱着
给他永远不变的安全港

魔

会用各种欲望来满足你

蛇

会用各种你想要的自大来改造你

当你闭上眼睛

什么都不要时

你就能分辨

为什么非要跟别人想的一样呢

为什么要让你所认知的逻辑

来限制对未知的探索乐趣呢

人如果有羞耻心

日子将会过得越来越好

人如果没有羞耻心

日子就会过得越来越烂

总认为
只要给别人快乐
自己就会快乐
老忽略自己的感受
后来才明白
如果自己对自己不好
即使对别人再好
别人也不会感受到快乐

要有自知之明
当有人离开你时
就表示你没有他要的东西了
心灵富有的人
不会难过
因为他满满的
满到不会在乎谁只是来拿东西

每当面临一个更大
且从未经历过的困难
日夜苦不堪言时
我就知道
要开始准备迎接
一个更强大更厉害的自己了

眼睛长在前面
就是少要你一直转头往后看
容易落枕难受
而且
没前途
没钱图

人在做
天在看
轮不到你当王

是
天
堂

或
地
狱

是自己一点一滴地造出来的

确定第一眼的喜欢跟感觉

一步步地靠近彼此

越来越没有距离地心与心结合

你懂我 我懂你

你牵挂我 我牵挂你

你为我 我为你

有短短的闹别扭

却有长长的好幸福

想到你会笑

好东西只跟你分享

有话只想跟你说

这么多年过去

不管现在变啥样

你还是我当初眼睛看到都不想移开的一样好

然后

就一直有然后的

很爱你了

真的没有观众在看你
别老觉得自己美到不可一世
这样活着
太累了吧
人生没有毕业两个字
活到老
学到老
只要想读书
到哪都能找到书
年轻是本钱
有大把时间

就等于有大把钱
是钻石
到哪都能发光
不用等到纸笔
只要想写
啥都能写
事在人为
所有的借口
都是
自己不行

生活不是比赛
而是享受现在

还好
停下脚步
才能看到
早晨的阳光
照到透明塑料袋子上
所折射产生那独一无二的光线艺术
还好
有时间停下脚步
要不然这些不经意的美
这一生不知道都已经错失了多少

要上天堂的人
为啥还要去骂
要下地狱的人呢

看似被限制地隔离

何尝不也像是被当成宝贝一样地保护着

就是不让人轻易地碰触

凡事多看另一面

有时

念一转

立马

海阔天空

世界上就是因为有你这样的好人

才会这么的美好

善良将会扭转乾坤

邪恶最终天诛地灭

在乎你的人
才会觉得你可爱
不在乎你的人
你在乎他干吗

人讲出来的是人话
鬼讲出来的是鬼话
神讲出来的是神话
可是
有些人讲出来的根本就不是人话
有些鬼根本懒得跟你说话
有些神话
却是人编出来的鬼话

一个人有多好不重要
爱不爱你才重要
爱都藏在细节里
不爱也是

相爱容易
相处难
最难的还不是相处
而是
彼此的坚持

有羞耻心
才会有文明
有爱
有善良
才会有气质

自由
必须遵守所有人的规定
以不伤害别人为原则
你才有资格享受自由
才叫自由
私下来往也是
别超过了
别老玩飞蛾扑火的游戏
这不会让你显得更特别更时尚
只会让你等着被烧烫伤

如果我的事
不是你的事
那你的事
又
关我啥事

人的一生最好的投资
不是房子
不是车子
不是金子
不是股票
不是任何物质
而是
拥有一个会疼你
不管怎样都不会离开你的人

人生没有什么是应该的
毕竟人生的老板不是你
你主宰不了啥
除了把爱与善贡献出来
这是应该的
其余的
都是幸运的拥有与恩赐
记得感谢

你想让孩子成为什么样的人
首先你就要成为那样的人
你是什么
小孩就会是什么

垃圾就是垃圾
自私就是自私
骗子就是骗子
是翻不了身的
别傻了
你给他机会
只会让他玩得更高明

做人做事重感觉的人
他独到的直觉力
他的付出与价值
不是钱能买得到
也不是谁都能唾手可得

珍惜遇见
就会写出美好的故事

记住
别去问你不想知道答案的问题

心连着
不用说
在哪
都能收到你的讯息

每段过往记录下来分享的文字
画面与音符
都成了拥有的奢侈
庆幸我曾自我挑战
并厚着脸皮地发表
也为曾经
年少不懂不屑地要个性装酷而沉默不语
所浪费掉岁月有过的故事懊悔惋惜
那些模糊的回忆并不美
好比
我都快记不住有妈妈的日子是多么好

学会说话
是一门高深的学问
学会闭嘴
更是最高的智慧

只有嫉妒你的人
会说你难看
只有见不得你好的人
会说你没什么

有些人
越看越难看
是因为
他的心越来越脏

我遵守前人留下的经验与智慧并尊重感恩他们
我身边都是快乐正向的人
我会耐心静静地等待真正属于我的人事物
我知道如何舒服地安排自己的时间
我量力而行地选择接受一边做一边学习地
尝试新奇的工作

我常有反向思考及行为但并不会完全推翻传统

我的付出一直都比得到的多也不抱怨记仇

即使生活有很多意外与无奈

我也欣然接受并去适应它

不与人攀比地只做自己并爱自己

一切以爱与善良为人之基本

这就是我

没能力的人

才会被情绪所打败

你们相爱

你们是一体的

唯有团结才会一加一大于二

要不然

多一个人来碍手碍脚干嘛用

想要生活得幸福快乐
就从一张会赞美人的嘴开始

发现卧室窗外有颗很亮的星星高挂在天上
总让我不由自主地想去看看
刚刚
我对星星说
我想你
它闪了一下
我知道
你听到了
那颗星一定是你

可爱是浑然天成的
装出来的
都有破绽
当一个人的邪恶多过于可爱时
长得再可爱
都是邪恶的
这可以从他平常对待人后转身的嘴脸看出来
可爱
与个人长得如何
无关
随着年纪变大
身体偶尔会出现一些不明白的疼
这些
我都可以不管不理地放下
唯独对你的心疼
我放不下

这年纪了
不想再讨好谁
别妄想来消耗我的好
现在它只留给在乎我的人

把自己照顾好
不要让关心你的人担心
才有资格说你能让人依靠

嘻嘻哈哈也过一天
垂头丧气也过一天
斤斤计较也过一天
傻不隆咚也过一天
你的一天怎么过的都会写在脸上
向花看齐
仰首骄傲
绝不放弃盛开的权利

后来发现善解人意
只是你一味地自我感觉良好
只会让对方觉得你
非它不可地高高在上

遇到不讲理的人
不是要让他踢到铁板
而是让他感觉像在跟空气讲话一样

如果你是个善良慈悲笃实敦厚的人
你将会受很多的伤
但你会拥有更多的幸福快乐来保护你走向成功

只有真爱你的人
才是无条件的
那些有条件的
都只是喜欢你而已

有些钱不赚
是怕影响下一笔钱
隔行如隔山
程度不够者
少来管闲事

钱还没进到口袋
都别高兴得太早
人没真正地抱到
都不要太会做梦

人生
就是不求回报地去爱一个人
不管是伤心地流泪
还是忘情地笑
不管是幸福
还是悲伤
只要有个人一直住在你心里
夜深人静就会想起且忘不掉
直到你眼睛闭上
没办法再醒来
这一切就很值得了

如果你不够坚挺
谈什么可以给人依靠
如果你不够乐观
谈什么可以给人快乐
如果你不够富裕
谈什么可以养活人家
如果你的心不够美
如何说你能给人爱

付出
不期待
就不会受伤害
凡事
不期望
就不会有失望

人与人之间的感情
好的时候
就像在织毛衣
一针一线小心翼翼
时间漫长
才有办法一点点成形
不好的时候
只要瞬间轻轻一拉即可
生命中所不屑及浪费掉的
现在都变昂贵又奢侈了吧

搞不好有一天

有人会想写你的故事

所以

好好过日子

丰富地过日子

一定要让人生过得很精彩

简单了

心宽了

欲望少了

烦恼也少了

没想到隔离时期

也可以这么有效地有度假的放松感

说真的

养成这样干净的身体

以及安逸的心灵

居然会依依不舍

又有点害怕出去后的放肆糟蹋

非常时期

能有机会停下脚步

回头看看你的四周

不也是难得的珍贵

如果

你眼前的粮食

及你身边照顾你的人的好

你都感受不到

你还不知感恩

那就太辜负老天的别有用心了

这是

一个迫使全球人类脚步放慢的时候

也是一个需静下来好好反省的时候

我们无所忌惮地贪婪

我们自私自利地破坏地球

真该有惩罚

该接受

不该抱怨

一切都是自己造成的

灾害来临

必定会有一些人性弱点为争食不断涌现

不跟着起舞添乱

安静地

坐好自己的诺亚方舟

心　　在　　凡事无快捷方式

人　　在　　登高必自卑

心不再　　感情不敷衍

我不再　　幸福必自追

如果用想念
就可以消毒
并杀死病菌
那该有多好
我现在有
好多好多
好多好多
想念
丢掉暂时用不到的东西
会让自己更专注享受眼前的轻松
放下暂时解决不了的烦恼
别让它占据刚来的快乐

我想办法找些自己能开心的事来忙
来让自己不会被不开心的事绊倒
要不然
我就没有能力再给你开心了

工作不嚣张
你会有人帮
做人不嚣张
你会有人挺
感情不嚣张
你会有人爱
嚣张不会有好结果
只会出现两个字
活该

刚开完会
真是忙碌的月份
到现在都还没吃上饭
能忙是幸福的
现在
江湖上在关心啥
关我啥事
你能怎样呢
江湖上在流行啥
关我啥事
没跟上会怎样呢
流量多少关我啥事
那人怎样关我啥事
跟我一点关系都没有
我的时间
只给在乎我
我也在乎他的人身上
其他
关我啥事
我只是个
每天只做自己的事的小生命

不要利用我的善良
我的善良有毒
用过后会爱上我的

秋了年
冷了天
月又圆
想又念
你那边
我这边
心连着
就不远
摘朵花给了想念的远远
泡壶茶喝下有你的甘甜
月圆
心存目想

发现好吃的东西
自己都舍不得吃
就这么急着想留给你吃
一路小心翼翼地保护着
生怕压坏
生怕坏掉地狂奔向你
这
就是爱吗

都不服输
都想争谁有理
最后输的
绝对是自己
真正会赢的人
往往都是懂得让对方赢的人

没心的人
对你不会上心
当然也就不会关心
怪不得你老不安心
其实不用再挂心
因为他没有位置让你放心
你只会伤心

用最好玩的方法
来思考最严肃的问题
用最简单的逻辑
来解决最复杂的事情
要就要
不要就不要
不啰唆
猫缠毛线
只会把自己勒毙
不会是聪明有趣

不能为爱人带来安全感的人
只能说他的爱
是在演戏
不能持久地好
都是装出来的
所有
以都是为你好的说辞
其实都是在为他自己

讨厌一个人
并不需要让对方知道
他没那么重要

一个不懂你
还口口声声说爱你的人
总让人感觉很空虚
爱对方
跟
懂对方
用心的力道不同
目的不同
方向不同
当然感受及价值就不同

孤单
不是因为没人跟你说话
而是你等的那个人不回复
寂寞
也不是因为没人陪你
而是你想的那个人不陪你

今天又有爱护我的朋友私下跟我说
他认识一个做眼袋很专业的医美
可以把我的眼袋祛除
医术高明
我说
要去早就去了
不用等到现在
有那两个眼袋
也不会让我损失多少帅
再说
照镜子时
还能看到我妈
因为
我整体的眼睛长得太像她了
很珍贵的
有些事
如果你觉得那样也没啥不好
那它就可能会是好的
如果有些苦你不觉得苦
那它就是甜的

物以类聚
你是什么样的人
就会吸引什么样的人
宝物归宝物
废物随废物
看看自己
如果你是善良纯真的人
就会知道那些离开你的人是什么货了
不是同类
必然互相排斥
所以不用难过失去可惜
反而应该庆幸没沾上晦气

如果你不柔软又温暖得像抱枕一样
谁还会把你捧在怀里
如果你不帮人遮风挡雨像雨伞一样
那谁会把你高高举着

这世上
没有好人与坏人
只有做了好事的人
和做了坏事的人
也没谁是非要不可的人
只有爱你的爱人
以及不甩你的路人

每个人都是天使
但大部分人都为了生存被贪婪锯断了翅膀

没必要地爱面子与固执
就等于给自己上了手铐般的蠢
乐观是最好的良药
就怕你老是忘记按时服用

别 指 望 别 人 理 解

他 没 这 义 务

别 期 望 别 人 对 你 好

他 没 欠 你

如果你能做一件不需要回报
又能让别人开心的事
那么你今天就过得很精彩了

这世界需要你更多的温柔
当你变成掠夺者
你也会被掠夺
当你成为一个善良者
这世界就会有善良
来到这世上
不是为了防备
有一大部分
是为了给予
是付出
而不只是拥有
要不然就是个没有用的人

主动伸手去认识一个人
你的世界将会多一个可以安放感情的地方
当你愿意去原谅一个让你不开心的人
你的世界就会是个天堂

音乐
是生活
生活是音乐
音乐
是让的艺术
让你
让我
让出高低
让出宽窄
让出黑白
让出山水
让出人与人之间的和谐
延续人心底深处的
真善美

虽说自己人不用解释
其实自己人才更需要解释
而且
不管解释有没有道理
不管对或错
统统都要接受
别为了争对错
争到你死我活
你不相信自己人
那你还能相信谁呢
更不要用外人出现的错来处罚自己人
那是很蠢的行为
你会连自己最后的堡垒都毁了
再说
你连自己人都不在乎地任意伤害
你还配当自己人吗
还是你心里
只有自己
没有那个人字
如果你相信他
你就不会相信别人跟你说他如何不好

三观合拍的人
易沟通
不说
都能懂
三观不合的人
再用力
累的
一定是那个心软的

我
只愿意给
为我留下来的人
时间
也只留给会主动找我的人
其他
统统删除
没有太多可惜
可惜
两个字
给了不会觉得可惜的人
是很浪费生命的

享受快乐
也享受悲伤
既然来了
就接受它
享受它
你是情绪的主人
不是情绪的人质

以前
你无视我
我会改进并体谅你的无奈
现在你无视我
我当然就无视你
未来
你
谁
你
哪位

既 然 选 择 如 小 孩 般 的 天 真 无 邪

就 要 接 受 无 念 无 怨 的 自 得 其 乐

我的鼻梁因为过度而凹陷

我的眼睛因为专注而模糊

我的手指也因狂按而酸胀

我的文字活画了彩色故事

谢谢你

我的眼镜

谢谢你陪了我一整天

暂时把你放在书桌上

才发现

你的孤独

跟我一样

花开
期待结果
有果
忘了花开
我会剥橘子剥得像朵花
是不想忘了初心

我们只是没走到对方想要的地图里
并不代表
谁才是对
谁就是错
这世上有很多我们不知道答案的事
纠结
就是有趣的地方
但再怎么人神交战
终究深信
并知道
我们都是有人爱着的
也就可以又开始
幽幽地笑了

每个人都一样
你特别对待我
我就对你特别
你对我一般
我也就对你一般
岁月是存钱筒
你在别人那边存多少
就有多少可以花
不是吗

好像我不主动
你就不会主动
跟你好像不认识一样
你说你不愿打扰
对我这种重感情的人来说
你这种行为
就是一种打扰

不原谅阴天

永远不会有晴天

不感谢下雨

永远不会有太阳

不对不在乎你的人残忍一点
就等于对在乎你的人很残忍

有人做出锁
就会有人做出钥匙
越多限制
就会有越多特权

刚开始
可能着迷于你的好看
但后来迷恋你的是
我们心通
你只对我特别
愿意放心地把自己交给我
彼此都很在乎彼此
比别人都多很多

我或许没你聪明
但我还是知道怎么养活自己的
并且不会学你
踩着别人的头过去摘苹果吃

以前
东西坏了
会念旧不舍地找人尽量修
店家也会视别人的宝物为己之宝物般地
尽力修好
以乐见宝物主人会开心为志
进而获得生活良性循环奖赏金
安稳好睡地过日子
继续用爱创造宝物
现在
东西坏了
就丢
或者
东西没坏
旧了
就不要
对待感情挥霍贪心
不再憨厚
如此自大随便
谁还会把你视为珍宝呢

头发白了

不叫老了

是你放弃笑了

才是老了

条件好

懂反省

有同理心

有善良

懂感恩

心可爱

人舒服

人中极品

欣赏有上进心

欣赏懂得感恩

欣赏无私助人

欣赏健康善良

其他

你我两路

各自安好

本来不喜欢自己那种腼腆的笑容
总觉得很屄
现在慢慢地接受并喜欢了
因为明白了
那是一种乡下小孩特有的憨厚与善良
低调与谦虚
不管我有多大的成功
都必须要永远记住这一点
我庆幸多年过去
还一直留在我的血液里
虽看起来不够自信又尴尬
但我不在乎这个
我在乎的是
我有没有继续在做我想做及我该做的事

以前
都这样告诉自己
咱没伞
雨天要使劲地跑
咱没人靠
不可以哭
现在
也这样告诉自己

闲聊间
友说
老师
你太厉害了
又是作曲家
又是作词家
音乐家
指挥家
懂生活的艺术家
懂吃能做的美食家
会插花的花艺家
会写字的书法家
现在又是出了书的作家
你到底有几个身份啊
有啥你不会的
还有几个家我们不知道的啊
我说有啊
还有一个
就是老爱
待在家
哈哈哈

一见你　就笑的人

一　见　你就笑的人

就是对的人

图书在版编目（CIP）数据

人生短短几个秋：音乐人小虫人生感悟精选 / 小虫　著. -- 北京：中国工人出版社, 2022.4

ISBN 978-7-5008-7810-0

Ⅰ. ①人… Ⅱ. ①小… Ⅲ. ①散文集－中国－当代 Ⅳ. ①I267

中国版本图书馆CIP数据核字（2022）第036956号

人生短短几个秋: 音乐人小虫人生感悟精选

出 版 人　王娇萍
责任编辑　葛忠雨
责任印制　黄　丽
出版发行　中国工人出版社
地　　址　北京市东城区鼓楼外大街45号　邮编：100120
网　　址　http://www.wp-china.com
电　　话　（010）62005043（总编室）
　　　　　（010）62005039（印制管理中心）
　　　　　（010）62379038（社科文艺分社）
发行热线　（010）82029051　62383056
经　　销　各地书店
印　　刷　北京美图印务有限公司
开　　本　32开
印　　张　14.5
字　　数　240千字
版　　次　2022年4月第1版　2022年4月第1次印刷
定　　价　78.00元